火目の巫女

上古、その国は異形の化生達に脅かされ、
護国は一世一人の巫女に託されていた。
火目——破魔の火矢を以て化生を討ち滅ぼす者。
その座をかけて三人の乙女達が集い、命運がからみ
三百年の停滞の歴史が動き出す——

杉井 光
イラスト●かわぎしけいたろう

伊月
Itsuki
『――いつかわたしも、火目に選ばれて、あそこに登る」

「おおおおああああああああァッ！」
矢に力が流れ込む。視界が赤い光で染まる。その光の向こう、
喰蔵の凶悪な口が伊月めがけて落ちてくる。
解き放った。
深紅の光が蜘蛛を貫く。
伊月のまわりにあった水が瞬時に蒸気へと転じた。

佳乃
Yoshino
「火目は哀しい方です。そう思いませんか?」

気配が背後に立った。二本の腕が身体に巻き付いてきたので、
伊月は驚いて「ひゃっ」と声をあげてしまう。
「ふふ。見つけましたわ。返事をしてくださらないなんて、意地悪ですのね」
耳元で佳乃が言う。背中には佳乃の体温が密着している。

常和
Tokiwa
「いつきちゃんがほんとのお姉ちゃんだったら、よかったのにね」

驚き飛び退く伊月に、その影は飛びかかってくる。足に組み付かれ、転びそうになる。

「い、いつきちゃん？　いつきちゃんなの？」

暗闇の中、女童の声が響いた。

「常和？　なんでこんなところに」

「こ、怖かった！　怖かったよう！　豊さまにここで待ってろって言われて、ひとりでほっぽかれたの」

目次

design:Toru Suzuki

火目の巫女

一　火中

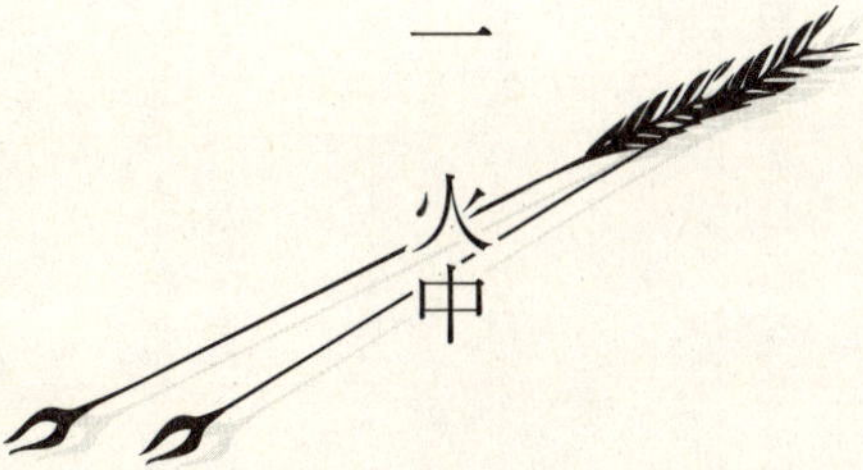

火はすでに柱を這《は》いのぼって天井まで届いていた。焼けた木棚が落ちてきて、かまどの脇に縮こまっていた伊月《いつき》の鼻先をかすめた。

「——いっ」

伊月は声を立てて身体《からだ》を震わせる。火《ひ》の粉《こ》が肌《はだ》に突き刺さり、目から鼻から獰猛《どうもう》な煙が入り込んでくる。喉《のど》が焼けるように痛い。土間《どま》に手をつき、吐くようなかっこうで伊月は激しくむせた。

囲炉裏《いろり》の方から、みしり、と床が軋《きし》む音が聞こえた。

うずくまっていた黒い影が、のっそりと立ち上がるところだった。煙でおぼろになった輪郭《りんかく》は人の形をしていたが、梁《はり》に頭が触れそうなほど大きく、肌《はだ》は黒い光沢《こうたく》のある鱗《うろこ》で覆《おお》われて、炎《ほのお》の色を映している。

影が振り向いた。

蛙《かえる》か蜥蜴《とかげ》を思わせる大きく裂けた口から、伊月の母親の上半身がぶら下がっていた。下半身はすでに牙《きば》の奥へとすっかり呑み込まれている。衣はずたずたに引き裂かれ、胸も首筋《くびすじ》も顔も赤黒く染まっている。

「う、あぁ」

伊月の喉から再び声が絞《しぼ》り出された。

黒い蜥蜴は伊月をにらみながらゆっくりと口の中のものを嚙《か》み砕いた。湿った音が、木が燃えて爆《は》ぜる音に混じる。

やがて蜥蜴は伊月の母親を嚥下《えんか》すると、目を細めて天井を仰ぎ、げぶりと息を吐いた。牙にからみついた長い黒髪《くろかみ》が口の端《はし》から垂れ、血で鱗に張り付いていた。

「……ああ」

伊月はうめく。

蜥蜴人《びと》が、笑ったように思えた。

「……あああああアアッ」

伊月はなにかを握りしめて立ち上がった。立ったとたんによろけて転びそうになる。

伊月が握っていたのは、鉞《まさかり》の柄《え》だった。柄だけで幼い伊月の背丈《せたけ》ほどもある。刃《やいば》は幅広のくろがねで、とても小娘《こむすめ》が持ち上げられるものではない。

蜥蜴が口を歪《ゆが》めてげぶ、げぶ、と喉を鳴らした。

笑っているのだ。

——よくも、

「かかさまを……ッ」

ずるり、ずるりと長い尾を引きずりながら蜥蜴の巨軀《きょく》が近づいてくる。炎を背にその全身は陰影《いんえい》となり、目だけが白くぎらついている。

「……来ンなッ」

どこからそんな力が出たのか伊月《いつき》にもわからなかった。ただ無我夢中《むがむちゆう》で腕を振り上げると、鉞《まさかり》が伊月の頭上にまで持ち上がった。

そのまま伊月は前のめりに倒れながら腕を振り下ろした。太い刃《やいば》が空を裂く。

ぎん、と鈍い音がして、鉞の刃は鱗《うろこ》に弾《はじ》かれた。跳ね返って土間《どま》に突き刺さると、木の柄《つか》が見る間に炎《ほのお》に包まれる。

蜥蜴《とかげ》の顔が伊月の真上にあった。げぶ、げぶと笑うたびに牙《きば》の間から涎《よだれ》が滴《したた》り落ちてきた。

「……やあああ」

――喰われる。

――かかさまと同じように、喰われる。

――喰われる喰われる喰われる喰われる喰われる喰われる

「いたぞ！　一人、生きておる！」

不意に、背後から――土壁《つちかべ》の向こう、家の外から、声が聞こえた。

蜥蜴の動きが止まる。

「中の者、伏せておれ！」

外の声が叫んだ。伊月は反射的に膝《ひざ》を抱えて丸くなった。

背後で土砂《どしゃ》崩れのような音がした。背中やうなじに土塊《つちくれ》が降ってきた。ごうと風が巻き起こって伊月の傍《かたわ》らを外へと吹き抜ける。

顔を上げると、土壁に大穴があいていた。その穴から細い腕が差し込まれて伊月の身体《からだ》に巻き付く。

「やっ、やぁあぁあッ」

「これ、暴れるでない！」

伊月は壁の穴から引っぱり出され、土の上に投げ転がされた。炎にあぶられていた肌《はだ》が冷たい夜気に触れてひりひりと痛み出す。

顔を上げると、家の屋根が炎に巻かれて火《ひ》の粉《こ》を噴《ふ》き上げる瞬間が目に入った。

——燃えている。

伊月の家だけではなかった。向かいの家も、納屋《なや》も、厩《うまや》も、社《やしろ》のある鎮守《ちんじゅ》の森も、茜色《あかねいろ》の炎に包まれている。

——村がみんな燃えている。

と、いきなり首の後ろをつかまれ、土の上を引きずられて、伊月は燃えさかる家から引き離された。

「さがっておれ。出てきやるぞ！」

すぐそばで先ほどの声がした。見上げると、真っ白な人影《ひとかげ》が立っていた。白装束《しろしょうぞく》の童子《どうじ》だ。

歳《とし》は伊月《いつき》よりもふた回りほど上だろうか。長い黒髪《くろかみ》を後ろに束ね、結んだ髪紐《かみひも》だけが炎《ほのお》に劣らず紅《あか》い。手には抜き身の太刀《たち》がある。

「囲め！」

童子《どうじ》の号令に応えるように、伊月のまわりを足音が取り囲んだ。見回すと、白装束《しろしょうぞく》の大柄《おおがら》な男達が――十数人。みな手に手に鉾《ほこ》を握っている。一様《いちよう》にたすきと腰紐《こしひも》だけが紅く、白地に映えている。

――火護衆《ひもりしゅう》だ。

――火護衆が来てくれたのだ。

崩落音《ほうらくおん》が轟《とどろ》いた。

振り向くと、伊月の家の屋根がひしゃげ、炎と黒煙の中に沈んでいくところだった。熱風が顔に吹きつける。

炎の中から真っ黒な人影《ひとかげ》が現れた。鱗《うろこ》が濡《ぬ》れたように光っている。

「赫舐《あかな》か。ぶくぶくと肥《こ》えたのう」

童子がつぶやく。太刀先《さき》を蜥蜴《とかげ》に差し向け、叫んだ。

「捉《サ》ッ」

声を合図に男達が駆け出す。蜥蜴人《びと》――赫舐の身体《からだ》を目がけて鉾が殺到《さっとう》する。

鉾先《ほこさき》が鱗に食い込もうとしたそのとき、赫舐の黒く太い腕が打ち振られた。白装束の一人の身体が二つ折りになって宙に跳ね飛ばされる。へし折られた鉾が地面に突き刺さった。

他の男達はひるまず、かけ声とともに赫舐の脚《あし》や脇腹《わきばら》に鉾を突き入れた。人の倍近い体軀《たいく》はそれでもびくともしない。

「腱《けん》を狙えッ」

童子も声を張り上げながら走り寄る。赫舐の目前で跳躍《ちょうやく》、太刀の一閃《いっせん》が炎と影を斬《き》り裂いた。

――ぎぇぶぇぁあアあアアアアアッ
蜥蜴のばっくりと開かれた口から、全身の毛を引きむしられるような悲鳴がほとばしった。

伊月は思わず両耳を手でふさいだ。

赫舐は片手で目の傷口を押さえ、もう一方の腕を狂ったように振り回す。その爪《つめ》の先が空中で童子をとらえ、地面に頭から叩《たた》きつけた。

さらに太い尾の一振りが、白装束の男達をまとめて薙《な》ぎ倒す。

「四方《しほう》囲めッ！　一歩も動かすなアッ」

太刀を支えに身を起こしながら童子が叫ぶ。その顔の右半分が血まみれになっているのが見えた。

立ち上がろうとしていた男達を、丸太《まるた》のような蜥蜴の尾が再び掃き倒す。人の身体がまるで鼻息で吹き飛ぶ紙細工《かみざいく》だ。

――かなわない。

――火護衆《ひもりしゅう》が束になっても……

伊月《いつき》は両手で目を覆《おお》いかけた。そのとき、
光の筋が頭上の闇《やみ》を切り裂いた。

数千数万の鈴《すず》を一斉《いっせい》に振り鳴らしたような音が響《ひび》く。他のあらゆる音がかき消され、耳が痛いほどだ。

光は赫舐《あかな》の胸に収束《しゅうそく》していた。そこに突き立っているのは一本の矢だった。矢羽《やばね》は赤い光で燃えている。

鱗《うろこ》で覆《おお》われた全身がこわばり、痙攣《けいれん》し、両の爪《つめ》が虚空《こくう》を掻《か》きむしった。

「鳴笴《めいせん》ありッ」童子《どうじ》の高い声、

「鳴笴ありッ」男達が唱和《しょうわ》する。

鉾《ほこ》が赫舐の脇腹《わきばら》に一斉《いっせい》に突き上げられた。赫舐は力無くもがいてそれを振り払おうとしている。

伊月の左の脇腹が熱くなった。後ろ髪がざわっと持ち上がるような予感があり、伊月はもう一度夜空を見上げた。その瞬間――

先の矢に数千倍する鮮烈《せんれつ》な光が飛来《ひらい》し、夜と炎《ほのお》を吹き飛ばした。

＊

蜥蜴《とかげ》の身体《からだ》が溶けきってしまうまで、十数えるひまもなかった。

溶け落ちた鱗と肉が地面にたまりをつくると、青白い炎がそこから盛大に揺らめき立ち、白《しろ》装束《しょうぞく》の男達を呑み込む。

「あ、ああ……」

伊月は思わず目を覆った。

先ほどの童子が太刀《たち》を杖代《つえが》わりに脚《あし》を引きずりながら寄ってくる。

「お前様、怪我《けが》はないか」

「……あ、ひ、火が、ひ、人が」

伊月はぶるぶる震える指で青い炎をさす。炎の中では白装束の男達が蠢《うごめ》いている。童子は難《なん》儀《ぎ》そうに首だけ後ろにちらと向けると、すぐに向き直り、表情を崩した。

「案ずるな。火目《ひめ》の灼箭《しゃくせん》は人を傷つけぬ。灼くのは化生《けしょう》だけじゃ。それより、ああして化生の骨を砕くのが肝要《かんよう》での」

「――しゃく、せん」

「甲《こう》の矢を鳴箭、以て化生を彫り結び、乙《おつ》の矢を灼箭、以て化生を火焔《かえん》に帰す。して、怪我はないか」

伊月《いつき》は小さく何度もうなずいた。

と、村の奥へと続く道の方から、歳《とし》若い白装束《しろしょうぞく》の男が二人駆けてきた。鉾《ほこ》ではなく斧《おの》を担《かつ》いでいる。

「豊日《とよひ》殿。森の火は樹《き》を切り倒して止めました」

一人が荒い息混《ま》じりに報告する。

「しかし家は一つ残らず焼かれております。見つかるのは黒焼きやちぎれた手足ばかりで、生き残りは一人も……あ、いや」

男は、地面にうずくまる伊月に気づき、言葉を濁《にご》した。

「よい。続けよ」

豊日と呼ばれた童子《どうじ》は、冷淡《れいたん》な声で促《うなが》した。

「は、はあ」

若い白装束は、伊月と豊日の顔を見比べながら声を低くして続ける。

「生き残りは見つかりませぬ。牛や馬も残らず喰われております」

「他の化生《けしょう》は」

「一匹だけと断じてよいかと。向こう端《はし》の村長の屋敷《やしき》はもうすでにあらかた焼けておりまして、焼け具合からして、山際《やまぎわ》から家を一軒《いっけん》ずつ順繰《じゅんぐ》りに襲《おそ》ったのでしょう」

「そうか。ご苦労」

豊日は足下の土に太刀《たち》を突き立てた。

炎《ほのお》に呑まれた伊月の家に目をやり、つぶやく。

「赫舐《あかな》一匹で、村一つか」

「――うそだ」

伊月の声だった。

それが自分の喉《のど》から出てきた言葉だとは、最初わからなかった。

「う、うそだ」

伊月は豊日の袴《はかま》の裾《すそ》にしがみついた。

「だ、だって、社《やしろ》ンとこでみんなで、石蹴《いしけ》りした。山で芋《いも》掘って、手ェかぶれた。鴉《からす》追っ払った。毛虫《けむし》踏んづけた。かかさまが渋栗《しぶくり》で餅《もち》焼いてくれた。なのに、」

――あいつが来た。

――家が焼けた。

「うそだ」

「まことじゃ」

童子の顔がすぐ正面にあった。血と煤《すす》で汚れているが、肌《はだ》は白くなめらかで、瞳は深く優しい森の色をしていた。

柔らかい手が、伊月《いつき》の頭にのせられる。

「残ったのは、お前様だけじゃ」

「うそだッ」

不意に豊日《とよひ》の腕が伊月を抱き寄せた。麻布《あさぬの》のざらりとした冷たさが顔に押しつけられる。その向こうの人肌《ひとはだ》の温《ぬく》もり。

不意に涙が出てきた。

「……かかさま、が」

——喰われた。

——みんな喰われて、焼かれた。

「わっ、わたし、み、見てた」

温かい手が伊月の髪をなでた。そのせいで涙は止まらなくなった。

「わたし、な、なにもっ」

——なにもできなかった。

——見ているだけだった。

伊月を抱きすくめている腕に力がこもる。

「お前様は、強いな」と童子《どうじ》が言った。

伊月は涙でぐしゃぐしゃの顔を上げる。

「母御《ははご》に逝《ゆ》かれたというのに、お前様のそれは、悔《く》し涙じゃ」

豊日の指が伊月の頬《ほお》をぬぐう。

「わしも悔しうてならぬ。火護《ひもり》がこれだけいながら——一人として、救えなんだ」

豊日は伊月から身体《からだ》を離した。地面に突き立てた太刀《たち》を乱暴な手つきで引き抜く。

伊月ははっと気づいた。豊日が握っているのは——太刀の柄《つか》ではなく、刃《やいば》の付け根だ。そのまま豊日は握り拳《こぶし》に力をこめる。赤黒いものが指の間からにじみ出て白刃《しらは》の峰《みね》を伝い落ちた。

「や、やめて、血、血が」

伊月は豊日に近寄ろうとした。鋭くにらまれ、「ひぐッ」と喉《のど》を痙攣《けいれん》させて立ちすくんでしまう。

「なんのための火護衆《しゅう》じゃ」

豊日の顔がまるで今にも泣き出しそうに伊月には見えた。

「……一人も、なんて。だって、わ、わたしは、わたしが」

——わたしは助けてもらった。

ほとんど意味をなしていない言葉だったが、豊日には通じたようだった。泣き出しそうな顔のまま、豊日は口元を歪《ゆが》める。

「お前様が助かったのは、わしらの力ではない」

「……え？」

伊月《いつき》が訊《き》き返そうとしたとき、鉾《ほこ》を持った白装束《しろしょうぞく》達がみなこちらに戻ってきた。蜥蜴《とかげ》の屍体《したい》から立ちのぼっていた青白い炎《ほのお》はほとんど消えかけ、地面をちろちろとなめている。その向こう、かつて伊月の家だった土塊《つちくれ》と木材の残骸《ざんがい》はまだ激しく燃え続けていた。

「豊日《とよひ》殿。そちらが――」

白装束の一人が伊月に目をやり訊《たず》ねる。

「――御明《みあ》かしにござりますか」

――御明かし?

豊日はうなずき、太刀《たち》を鞘《さや》に収めると伊月に向き直った。

「お前様、名は」

問われて、伊月は目をしばたたき、かすれた声で答えた。

「……い、いつき」

「そうか。いつき。わしは火護衆《ひもりしゆう》《い》組の豊日じゃ。お前様を迎えに来た」

「……むか、え? わ、わたしを?」

「お前様の身体《からだ》のどこかに、五角の形に並んだ赤いあざの星があるはずじゃ。知っておるか」

伊月ははっとして、左の脇腹《わきばら》に手をやった。

豊日がするりと近づいてくる。

「赦《ゆる》せ」

言うや否や豊日の手が伸び、伊月の焼けこげた衣がはだけられて上半身があらわになる。

「ひぁっ」

思わず奇妙《きみよう》な声が漏れてしまう。

「おお」

白装束達の間から感嘆《かんたん》の声があがる。

「見事な火目式《ひめしき》……」

手を合わせて拝《おが》む者さえある。

伊月も自分の脇腹を見下ろし、驚いた。生まれつきあった五つ星の色濃い赤あざ。それが今、青白く輝いている。

あわてふためき豊日を見上げる。

「こ、これっ……なに……」

「お前様が生き延びたのはわしらが間に合うたからではない。赫舐《あかな》がこれの匂《にお》いに戸惑《とまど》うて、お前様を喰うのを後回しにしていたからじゃ」

豊日は優しい手つきで伊月の衣を直す。それから、伊月の前にひざをついた。今度は豊日が伊月を見上げる形になる。

「お前様は火目になれる」

伊月はなにも答えられない。唐突《とうとつ》にそのようなことを言われても、なんと返せばいいのかわからない。

火護衆《ひもりしゅう》。

化生《けしょう》。

火目《ひめ》。

みな、昨日までの伊月《いつき》にとっては、村長のお話に出てくる影絵《かげえ》のような存在だった。

言葉が出ない。ただわけもわからず首を振る。

豊日《とよひ》は立ち上がり、一歩退《さ》がる。

「お前様には力がある」

血で濡《ぬ》れたその顔は、また泣きそうに見える。

「火護衆ができることはわずかじゃ。化生を見つけ、動きを抑え、人々を逃がし、火を鎮《しず》める。

それだけじゃ。しかし——火目は、化生を討《う》てる。灼箭《しゃくせん》で焼き滅ぼせる」

豊日はそこで言葉を切って下唇を噛《か》んだ。

——わしに、その力があれば。

そんな豊日の声が聞こえた気がした。

呑み込んだ言葉のかわりに、豊日は言う。

「……火目を目指さぬか」

伊月は、なお燃えさかる家に目をやる。その手前、土の上にかすかに残った青白い炎《ほのお》が、最後に勢いよく燃え立ち、それから消えた。

――あいつが、かかさまを喰った。

――村のみんなを、喰った。

豊日に目を戻す。

「……あれを、殺せる、の？　わたしが」

豊日は少し哀《かな》しそうな目をした。

「お前様なら、できよう」

それから手を差し出す。

ごお、と火勢《かせい》が強くなった。めきめきと音が響《ひび》き、残っていた柱が炎の中に倒れ、屋根が崩れ落ちて大量の火の粉《ひのこ》が夜闇《よるやみ》に散る。

伊月はうなずき、豊日の手をそっと握った。


――七年前のことである。

二　火垂苑

木戸《きど》をそっと押して、伊月《いつき》は塀《へい》の外に出た。あたりは薄暗く、湿った空気が冷たい。沐浴《もくよく》を済ませたばかりで濡《ぬ》れた髪が重く感じられた。

四月も半《なか》ばだったが、早朝の冷気はまだ厳《きび》しい。しかし伊月は、行水《ぎょうずい》から始まるこの毎朝の日課が好きだった。身が引き締まる思いがする。ここ火垂苑《ほたるえん》にやってきてからもう三年も同じ毎日を繰り返しているが、つらいと思ったことは一度もない。

弓と矢筒《やづつ》を肩にかけ、竹林の間の石段を登る。静かな夜明けだった。湿った土の匂《にお》いがした。

やがて開けた丘の上に出る。

都の朝はいつも濃い霧で包まれている。周囲には整然と碁盤《ごばん》の目に区切られた四道四京《しどうしきょう》の町が広がっているはずだが、今は薄闇《うすやみ》に入り混じった靄《もや》しか見えない。

左手を仰ぐと、霧の中に高くそびえ立つ影があった。烽火楼《ほうかろう》——火目《ひめ》がおわす櫓《やぐら》だ。都のちょうど中央、内裏《だいり》の真ん中に立ち、国の安寧《あんねい》を護《まも》っている。

櫓の頂点、尖《とが》った屋根の上には、青白い炎《ほのお》が揺らめいている。火目の力が休みなく働いていることの証《あかし》だ。

——いつかわたしも、火目に選ばれて、あそこに登る。

伊月の立っている場所は内裏のすぐ外だったが、霧のためか、それとも気負いのせいか、烽火楼はひどく遠く見えた。

火目に深く一礼すると、伊月は烽火楼に背を向けた。

東の空がほんのりと明るい。

弓を立て、矢筒から矢を一本引き抜いてつがえた。先端には、大きな銀杏《ぎんなん》型の木製の矢尻《やじり》――蟇目鏑《ひきめかぶら》が付いている。矢を放つと空気が鏑の空洞《くうどう》を通り、笛のように魔除《まよ》けの音が鳴る仕組みだ。

手にした弓矢を頭の高さに掲げ、ゆっくりと下ろしながら弦《つる》と弓とを押し広げる。気が張りつめる。

伊月は弓に問いかける。

矢を「放つ」のではなく、矢が「自ら離れる」ときを。


――来た。


そう思ったとき、すでに矢は東の空にあった。甲高《かんだか》い音がそれを追って尾を引く。矢の勢いが霧に穴を穿《うが》った。その向こうに夜明けの澄んだ空が見える。

伊月は脇腹《わきばら》に熱を覚えた。五つ星の赤あざ――火目式《しき》が活性化している。

「……灼《シャ》ッ」

つぶやくと、東天にぱっと小さな火が灯《とも》った。燃え尽き、すぐに消える。伊月の放った鏑矢が発火したのだ。落ちていく灰はここからでは見えない。

白い霧を薙《な》ぎ払うように、東の山並みから最初の曙光《しょこう》がさした。

伊月《いつき》はほうと息をつく。朝の奉射《ほうしゃ》はただの儀礼《ぎれい》だが、これをとどこおりなく済ませないと都に朝が訪れないような気がしていた。

弓を下ろしたところで、弓弦《ゆづる》が真ん中からぶっつり切れているのに気づく。

——道理《どうり》でいい奉射ができたわけだ。

伊月は苦笑《くしょう》した。

ある流派では、弓弦が切れた瞬間の矢の離れは最も自然で理想的であるとして重要視《し》すると聞く。

弦が弱っていたのは昨日から薄々《うすうす》気づいていたのだ。

——前もって替えておけばよかったな。

後悔《こうかい》しながら、石段を下り、火垂苑《ほたるえん》に戻る。

＊

火目《ひめ》は本称《ほんしょう》を火督寮正護役《かとくりょうせいごやく》という。在役中《ざいえき》は都の中心、烽火楼《ほうかろう》の頂《いただき》に籠《こ》もり、ひとたび化生《けしょう》が現れれば、国土のいかなる場所にも届くという破魔《はま》の火矢《ひや》を放ってこれを滅ぼす。

その任期は火目式《しき》の力を使い果たすまでであり、個人差がある。長くは二十余年、短い方の記録では二年保《も》たなかった例もあるという。

化生を滅ぼせるのは唯一《ゆいいつ》火目の力だけであり、空位《くうい》は許されない。かといって火目の力を授かるのはその時どきに一人きり。

従って火目候補《こうほ》となる女子は常に複数育成され、現《げん》正護役の退位《たいい》の際には候補の中から最も優れた者を帝《みかど》が選定し、即座《そくざ》に正護役交代《こうたい》が執《と》り行われる。

伊月もまた、《御明《みあ》かし》——火目候補の一人だった。

内裏《だいり》の東端《とうたん》に位置する火垂苑は、御明かしを育成する施設である。御明かしとそれを世話する女官《にょかん》が寝泊まりする寝殿《しんでん》に、弓場殿《ゆばどの》が併設《へいせつ》されている。

弓場殿に入ると、射場《いば》の板の間に座っている長い黒髪《くろかみ》の後ろ姿があった。伊月と同じく白衣《びゃくえ》に緋色袴《ひいろばかま》の巫女《みこ》装束《しょうぞく》である。

「新しい弓弦、中《なか》仕掛けも巻いてありますわ。お使いになります?」

伊月の方を見もせずに、その娘は言った。

「なんで切れたとわかる」

「弦音が妙《みょう》でしたもの」

ひざに弓をのせ、手にした草鞋《わらじ》で弦《つる》に松脂《まつやに》を塗りながら、娘はさらりと答える。

「佳乃《よしの》の地獄耳《じごくみみ》」

伊月《いつき》は口を尖《とが》らせた。

「眼《め》がこうだと、自然と耳ざとくなってしまうのですわ。はい、どうぞ」

佳乃は振り向いて、藤枝《ふじえだ》の輪に巻いた替え弦を伊月に差し出した。微笑《ほほえ》んでいるが、その両眼は閉じられている。

佳乃は盲目《もうもく》だった。生まれつきなのか、なにかの折に失明したのか、伊月は知らない。

「いいよ。弦くらい自分でやる」

「でも伊月さんの弓弦《ゆづる》の手入れは下手《へた》です。薬練《くすね》の塗り方が乱暴なんですもの。だからすぐ切れるんです」

「うるさいなあ」

小言《こごと》が長くなりそうだったので、伊月は弦巻《つるまき》をひったくった。佳乃はくすくす笑って、自分の弓に手を戻す。

「なんで今日に限ってこんな朝っぱらから弓場殿《ゆばどの》にいるんだ」

弓に弦を張りながら伊月は訊《たず》ねた。

「いけません？　わたくしだって御明《みあ》かしでです」

「よく言う。佳乃が弓を引いているところなんて見たことないぞ」

「あら、新年の鳴弦《めいげん》の儀《ぎ》でいたしましたわ」

――三月も前じゃないか。

――おまけに矢を射たわけじゃない。弦を鳴らしただけだ。

伊月は胸の内でつぶやく。

「今日は献火《けんか》の儀ですもの。わたくしも弓の手入れくらいしておかなくては」

「献火の儀って？」

「まあ。豊日《とよひ》殿から聞いていないのですか？」

佳乃の膝《ひざ》の上で弓がぱたと倒れた。

「新しい御明かしがいらっしゃいます。火垂苑《ほたるえん》に迎え入れる儀式《ぎしき》ですわ」

「ああ……忘れてた」

伊月は弓弦を張り終えると、立ち上がり、矢をつがえずに何度か引いて感触《かんしょく》を確かめる。張り替えたばかりの弦は伸びがぎこちない。

「新しい仲間が増えるのですよ。楽しみではありませんの？」

「なにが楽しみなんだ？　わたしは火垂苑に遊びに来ているわけじゃないぞ」

佳乃はまた忍び笑いをした。

「その方、長谷部《はせべ》様の御息女《ごそくじょ》だそうです」

「だれ？　長谷部って」

佳乃《よしの》は細く綺麗《きれい》な眉《まゆ》を八の字にした。

「いくら火垂苑《ほたるえん》に籠《こ》もりきりで弓ばかりだからといって、疎《うと》いにもほどがありますわ」

「悪かったな。わたしは佳乃と違って山育ちの猿だ。お公家《くげ》様のことなんて知るもんか」

「まあ。まあ」

佳乃は口に拳《こぶし》をあててころころと笑った。

「なにがそんなにおかしいんだ」

伊月《いつき》は腹を立てるのを通り越してあきれていた。

「伊月さんが猿のように梢《こずえ》から梢へ飛び回っているところを想像してしまいました。網《あみ》で捕《つか》まえてしまいたいくらい可愛《かわい》らしくて」

「ばか」

「ごめんなさい。見えぬと、つまらないことを描いてしまうのです」

——佳乃は、まだ見たことのないわたしの顔を、猿みたいに思っているのか。

自分で猿の話を持ち出しておきながらなんだか恥ずかしくなり、伊月は佳乃から目をそらすと、矢筒《やづつ》から矢を二本引き抜いた。

「長谷部《はせべ》の家は西国《さいごく》に山をたくさんお持ちです。先の大火《たいか》の折に都の再建を一手《いって》に引き受けられて、従三位《じゅさんみ》まで賜《たまわ》ったのですわ」

「ふうん」

伊月は生返事《なまへんじ》をした。今度は矢をつがえて弓を構え、引き絞《しぼ》ると、すぐそばの木台に置かれた俵《たわら》に向かって射る。これも射《しゃ》の感触《かんしょく》を確かめるためだ。

「そもそも、この時期に新しい御明《みあ》かしが火垂を賜ることが異例《いれい》。長谷部の後ろ盾《だて》もあるのでしょうけれど、さぞかし——有力な火目式《ひめしき》をお持ちなのでしょうね」

佳乃は歌うように言って、言葉を切る。

伊月は聞いていない振りをして、乙《おつ》の矢を俵に射た。ばづり、と矢が藁《わら》の間に突き刺さる。

「楽しみではありません？」と佳乃が繰り返した。

伊月は弓を下ろしてため息をつく。

「わたしには関係ないだろ。名家《めいか》の後ろ盾とか、知ったことじゃない」

佳乃は道具をまとめ、立ち上がった。

「さっき門の方で牛車《ぎっしゃ》の音が聞こえました。もうお着きになっているかもしれません。正装《せいそう》の準備などしなくては」

弓を杖代《つえが》わりにして床を摺《す》りながら、佳乃は弓場殿《ゆばどの》を出ていった。

「なんなんだ、あいつ」

いらついた手つきで矢を取る。

有力な火目式。

地位のある家の息女《そくじょ》。

火目《ひめ》の座を巡ってだれかと競うなど、伊月《いつき》は考えたこともなかった。本来御明《みあ》かしはそういうものなのだろうが、佳乃《よしの》が弓の稽古《けいこ》をする素振《そぶ》りさえ見せないので、伊月が戦う相手はいつも自分自身だった。

頭を振って、くだらない考えを追い払った。矢道を隔てた遠くの霞的《かすみまと》に意識を集中させる。

甲《こう》の矢。乙《おつ》の矢。よどみなく、続けて射た。

確かな手応《てごた》えがある。

だいぶ弦《つる》がなじんできたようだ。

次の二本の矢を取った。先ほどの佳乃の言葉も、これからやってくるという新しい御明かしのことも頭から消えていた。

伊月はただ矢束《やつか》を詰め、気を張り、的を見据《みす》えるだけだ。満を持したときに矢は自ら飛び立つ。

五射目の矢が離れた瞬間である。的の後ろ、矢除《やよ》けの板塀《いたべい》の上から小さな影が突然転がり落ちてきた。

「ひゃうっ」

影が声を上げる。人だ。

——矢が当たる！

伊月は思わず目をそらした。

沈黙《ちんもく》。

なんの音もない。

おそるおそる顔を上げる。

的のすぐ下に子供が一人ひっくり返って倒れていた。

伊月は裸足《はだし》のまま矢道に飛び出して駆け寄る。

どうやら女の子らしいとわかるほどにまで近づいたところで、その子供はむっくりと身体《からだ》を起こした。紺《こん》の袍《ほう》は着崩れ、紅《あか》の単衣《ひとえ》もはだけて胸元の肌《はだ》が見えている。十を過ぎたばかりと見られる童女《どうじょ》だった。目をぱちくりさせている。

――よかった、矢は中《あ》たっていないみたい。

伊月は安心して歩をゆるめた。

ふと、気づく。

その童女の手に握られているのは――伊月が射た矢だ。

――的に中たる音はしなかった。安土《あづち》に刺さる音も。

――なんの音もしなかった。

――まさか？

「ふわあ、びっくりした」

童女が間の抜けた声をあげた。

「ばか！」

伊月《いつき》は思わず怒鳴《どな》りつけていた。

「的場《まとば》に勝手に入るなんて、なに考えてるんだ！　死にたいのか！」

「ひやっ」

童女《どうじょ》は首をすくめて頭を両手で隠《かく》した。

「かんにんしてエな。弓の音聞《き》こえたもんだから、つい」

——忍び込んだのか。

「おまえ、ここをどこだと思ってるんだ。禁中《きんちゅう》だぞ。どこから入ってきた？」

「え、ええと？　道に、迷ったの」

役人の子だろうかと伊月は思う。火垂苑《ほたるえん》は宣陽門《せんようもん》のすぐ内側にあり、幼子《おさなご》が門番の目をかすめればひょいと入ることも不可能ではないかもしれない。

「捕《つか》まって打ち首になったたって文句《もんく》言えな——」

「わあ、きれいな弓！」

童女はぴょこんと立ち上がって伊月の左手に飛びついてきた。

「うちにもさわらせて、さわらせて」

「話を聞け、ばか！」

「ひやうっ」

童女は地面に這《は》いつくばって亀《かめ》のように丸くなった。

「まったく……」

伊月《いつき》は童女《どうじょ》の襟首《えりくび》をつかんで引っぱり起こした。衣の乱れがひどいことになっていたので、着崩れを直してやる。

「あ、あんがと」

「来い」

童女の腕を引いて射場《いば》に戻った。

壁にかけられた弓を見てまた目を輝かせてそわそわし始めた童女を、小突《こづ》いて床に座らせる。

「おまえ、名前は？」

「——常和《ときわ》」

「ときわ、ね。家はどこだ」

「えと。えと。あっち？　こっちかな？」

常和と名乗ったその童女は、てんでばらばらな方角を何度も指さした。伊月が天井を仰いで息をついたとき、不意に戸口の外からあわただしい足音が聞こえてきた。

——まずい。だれか来た。

「隠《かく》れろ」

「え？　ええ？」

常和の腕を引っぱり物置の中に放り込んだ。

物置の木戸《きど》を閉めるのとほとんど同時に、弓場殿《ゆばどの》の脇の出入り口が開いて女官《にょかん》が姿を現す。

「まあ、伊月様、まだお召し物がいつものままなのですか。もうすぐ献火《けんか》の儀《ぎ》がございますのに」

「あ、ああ、先に弓の用意を……してたんだ」

――早く出ていってくれ。

祈りながら伊月は冷静さを装って答える。

ふと、外の廊下が足音で騒がしいのに気づいた。

「……なにか、あったの？」

――だれかが忍び込んだのがばれたか。

「ええ、それが……」

女官は眉根《まゆね》を寄せて声を落とした。

「長谷部《はせべ》の新しい御明《みあ》かしが、お着きになったのですが……先ほどからお姿が見えないのです。

少し目を離した間に……」

そのとき、物置から甲高《かんだか》い声がした。

「わあ、弓いっぱい！　あっ、こんな矢《や》見たことない――つきゃあっ」

なにかが崩れ落ちる音が声をかき消し、弓場殿の床を震わせた。

――あのばか！

伊月は片手で顔を覆《おお》った。女官が物置の戸に駆け寄るのを、もはや止める気すら起きない。

引き開けられた戸の向こう、物置の床には、壁から落ちた弓や倒れた矢筒《やづつ》などが山を作っていた。山がもぞもぞと動き、下から常和《ときわ》が顔を出す。

「いたたた……」

「まあ、常和様！　こんなところにいらっしゃったのですか！」

——え？

伊月《いつき》は、女官《にょかん》が言ったことの意味がしばらく理解できず、折り重なった弓の束の下で照れ笑いしている幼い顔を見つめた。

「皆《みな》で心配して探したのですよ、もう！」

女官の手で常和は引っぱり出された。着物はまた乱れに乱れ、ほこりにまみれている。

「では伊月様、また後ほど！」

常和を引きずるようにして女官は弓場殿《ゆばどの》から飛び出していった。

——あれが、新しい御明《みあ》かし？

伊月はしばらく呆然《ぼうぜん》と、物置の床に散乱した弓を見つめていた。

*

「……御禊《みそぎ》祓閉《はらへ》給比《たまひ》志《し》時爾《ときに》　生里坐世留《なりませる》祓戸乃《はらへどの》大神等《おほかみたち》　諸乃《もろもろの》禍事罪穢《まがことつみけがれ》　有良牟平婆《あらむをば》　祓閉《はらへ》給《たま》

比清米給閉登《ひきよめたまへと》……」

火垂苑《ほたるえん》の中庭に、佳乃《よしの》が低い声で詠唱《えいしょう》する祝詞《のりと》が響《ひび》く。

伊月は佳乃の脇に膝《ひざ》をついて、立てた弓を手で支えている。

伊月の右手側、真砂《まさご》の上には円形の台が設《しつら》えられ、緋色《ひいろ》の布が敷いてあり、常和が座している。白衣《びやくえ》・緋色袴《ばかま》の上に矢羽柄《やばねがら》の千早《ちはや》を着た姿は凛《りん》としていて、ついさっき泥だらけでひっくり返っていたあの童女《どうじょ》と同じ人物とはとても思えない。

左手にはずらりと女官が並び、みな白い房飾《ふさかざ》りの付いた鉾《ほこ》を立てて持っている。

やがて祝詞が終わる。

佳乃が一歩退《さ》がるのを合図に、伊月は立ち上がった。

斎場《さにわ》となった中庭の中央、大きな三脚《さんきゃく》の組木の上で篝火《かがりび》が焚《た》かれ、燃えさかる火の向こうには、藁《わら》で作った人形が見えた。奇妙《きみょう》なことだが、この人形は頭にあたる部分を下にして竹竿《たけざお》の支柱にくくりつけられている。

神事《しんじ》に用いるにしては粗雑《そざつ》で不気味《ぶきみ》な祭具《さいぐ》だ、と伊月は思う。

白い布を巻いた矢をつがえ、弓を構える。藁の人形の腹を見据《みす》えながらゆっくりと両腕を打ち起こす。

伊月の目と、篝火の炎《ほのお》と、人形が一直線上に並ぶ。

いつも射ている弓場殿の的《まと》とは比べものにならないほど近いが、伊月は緊張《きんちょう》していた。神事で弓を実際に射るのははじめてのことだ。

呼気《こき》に合わせて力強く弓と弦《つる》を引き分ける。弦の緊張《きんちょう》と四肢《しし》の緊張が渾然《こんぜん》一体となる。

脇腹《わきばら》——火目式《ひめしき》が灼《や》けるように熱い。

離れた。

弓が生き物のように脈打ち、送り出された矢が空《くう》を切って炎《ほのお》の真ん中を貫《つらぬ》いた。藁《わら》の体表に突き立った瞬間、人形もまた激しい炎に包まれる。

もちろん篝火《かがりび》が矢を伝って燃え移ったわけではない。あくまでそう見えるだけで、その実は伊月《いつき》の火目式の力だ。

「わぁ……」

常和《ときわ》の声だった。場の張りつめた空気が乱れる。

女官《にょかん》達が一斉《いっせい》に円台《えんだい》の方をにらんだ。ぎろりという音が伊月には本当に聞こえた気がした。

はしゃいで手を叩《たた》こうとしていた常和は、刺すような視線にしゅんとなって姿勢を正した。

女官達は何事もなかったかのようにしずしずと、列をなして燃える人形へと歩み寄った。人形を丸く囲むと、息をそろえ、手にした鉾《ほこ》を人形に突き入れる。

——そうか、化生《けしょう》を討《う》つ手順を模《も》しているんだ。

伊月はふとそれに気づく。

自分も三年前に火垂苑《ほたるえん》に入ったときに献火《けんか》の儀《ぎ》を受けたが、そのときは佳乃《よしの》が祝詞《のりと》を詠《よ》んだきりで、後の式程《しきてい》はすべて省略された。弓を射る役の御明《みあ》かしがいなかったからだ。

式次第《しだい》は聞いていたが、実際目にしてみるとひどく血なまぐさい神事《しんじ》である。

無数の鉾先《ほこさき》で貫かれた藁の人形は、竹竿《たけざお》から引きはがされると、常和の座する円台の足下に運ばれた。

炎が一段と激しく、人の背丈《せたけ》に届くほどに燃え上がった。

常和が立ち上がる。

一瞬のためらいすら見せず、円台から炎の真ん中に飛び降りた。青白い火花が散る。

伊月は息を呑んだ。

——まったく恐れなかった。

火目式の炎は、制御しさえすれば人を灼くことはない。それは伊月にもわかっていた。それでも……

「——妹背《いもせ》二柱《ふたはしら》の神嫁継給《かみとつぎたま》ひて　国《くに》の八十国嶋《やそくにしま》の八十嶋《やそしま》を生給《うみたま》ひ　八百万《やおよろず》の神等《かみたち》を生給《うみたま》ひて
麻奈弟子《まなおとご》に火結《ほむすび》の神《かみ》を生給《うみたま》ひて　美保止被焼《みほとやかえ》て石隠座《いはがくりま》して　夜七日昼七日《よはななよひはなぬかあ》吾を奈見給《なみたま》ひぞ吾奈《あがな》
背《せ》の命《みこと》と申し給《まを》ひき……」

佳乃が鎮火《ちんか》の祝詞をつぶやく。

常和が藁を踏みつける、ざく、ざくという音がそれに混じる。

＊

献火《けんか》の儀《ぎ》が終わったのは昼前だった。

女官《にょかん》達が常和《ときわ》を連れて殿中《でんちゅう》に戻ろうとしたところを、佳乃《よしの》が呼び止めた。

「どうせなら、わたくしが常和《ときわ》さんを案内して回りますわ。これから同じ屋敷《やしき》で暮らす者どうしですもの。みなさんは式の後かたづけを済ませてしまってくださいな。夕餉《ゆうげ》の支度《したく》も早めにがよいでしょう」

「まあ、それはよいことです。でも……」

年長の女官が言葉を濁《にご》した。佳乃の目のことを案じているのだろう、と伊月《いつき》は思った。

「ご心配なく、伊月さんも一緒ですから」

「ええ？」

伊月は思わず頓狂《とんきょう》な声をあげてしまった。午後からはさっさと弓場殿《ゆばどの》に戻って稽古《けいこ》を続けるつもりだったからだ。

「それでしたら」と女官は表情を崩す。

「さ、常和さん、伊月さん、まいりましょう」

さっさと対屋《たいのや》に上がってしまう佳乃を、常和が嬉《うれ》しそうに追いかける。伊月もしかたなく後に続いた。

「こちらが閨《ねや》ですわ」

佳乃が戸を引き開けると、さっそく常和が中をのぞきこむ。

「うわあ、広い。すごい」

たしかに広いが、調度の類《たぐい》などなにひとつない板の間である。なにがすごいのか、と伊月は思う。

「前代の頃は九人もの御明《みあ》かしがここを寝室として使っていたといいます」

「ここでみんなで寝るの？　佳乃ちゃんも？　いつきちゃんも？」

常和が顔を輝かせる。

「ええ。朝餉《あさげ》も夕餉も一緒ですわ」

「わあ」

常和は伊月の方に振り向いて、ぱんと両手を打ち合わせた。

「うれしい。長谷部《はせべ》のお家《うち》に連れてこられてから、ずっと寝るのも食べるのもひとりだったの」

「連れてこられた？」

佳乃《よしの》は首を傾《かし》げた。

「ひょっとして、常和《ときわ》さん。あなたは長谷部《はせべ》の家の生まれではないのですか？」

「うん」

このときはじめて、常和の顔が翳《かげ》った。

「村にお公家《くげ》さんのお使いがやってきて。おっ母《かあ》と話して。おっ母、お金もらって喜んでた。うち、その後すぐ都に連れてこられたの」

「まあ。伊月《いつき》さんとよく似ていますこと」

「わたしとは全然ちがうじゃないか」

自分でも驚くくらい不機嫌《ふきげん》な声が出た。

「昔からよくある話ですわ。そうそう都合《つごう》良く公家に火目式《ひめしき》を持った女子《おなご》が生まれるはずもありませんから。御明《みあ》かしになれる娘を見つけると、養女《ようじょ》にして火垂苑《ほたるえん》に入れるのです」

「なんでそんなことするんだ。自分の娘が火目になるのがそんなに得なのか？」

「伊月さん……」

佳乃はしばし絶句《ぜっく》してから、咳払《せきばら》いで取り繕《つくろ》う。

「宮中《きゅうちゅう》に疎《うと》いのはわかっていたことですわね」

「悪かったな」

「火垂苑は後宮《こうきゅう》の一部だということもご存じないのですか？」

これには伊月もさすがに驚いた。

「知らなかった」

「だから男子禁制《きんせい》なのです。任期を終えて烽火楼《ほうかろう》から降りた火目は帝《みかど》の正室《せいしつ》として迎えられます」

「せいしつってなに？」と常和が口を挟んだ。

「帝の正式なお后《きさき》さまということですわ。火目に選ばれなかった御明かしも、多くは側室《そくしつ》として後宮に召し上げられるとのことです。だから火目を出した家は皇室と縁続《えんつづ》きという大層《たいそう》有利な立場を手に入れられます」

「全然知らなかったぞ……」と伊月はつぶやく。

豊日《とよひ》はそんなこと一言も口にしなかった。知らずの間に婿《むこ》まで決められていたことに愕然《がくぜん》とする。帝だかだれだか知らないが、会ったこともない男だ。

「お嫁《よめ》になるとき、きれいな服着られるかな？」

常和の明るい声。

「ええ、きっと。さ、次へまいりましょう。火垂苑は広いから、あまりのんびりしていると夕餉《ゆうげ》に間に合いませんわ」

佳乃はさっさと歩き出し、廊下の角を曲がってしまう。伊月はあわてて後を追った。

「佳乃ちゃん、眼《め》が見えないのにちゃんと歩けるんだね」

弓場殿《ゆばどの》へと続く渡り廊下で常和《ときわ》が言った。

佳乃《よしの》は歩をゆるめ、常和に微笑《ほほえ》みかける。

「もう六年もここにおりますもの。慣れるものですわ。伊月《いつき》さんだってこの廊下なら目をつむって歩けるはずです」

「すごおい」

二人の後ろを黙って歩きながら、伊月はさっきから自分が不機嫌《ふきげん》な理由をようやく見つけた。この常和という童女《どうじょ》、あまりに遠慮《えんりょ》がなさすぎるのだ。佳乃に眼《め》のことをずばり訊《き》いたりする。かといって佳乃は怒った様子《ようす》もない。そこがまた伊月には腹立たしい。

「こちらが弓場殿です」

廊下の突き当たりの木戸《きど》を佳乃が引き開けた。

「あ、ここ、さっき来た」

「ええ。女官《にょかん》から聞きましたわ。伊月さんが常和さんを迷い子《まご》だと思ってかくまったのですってね」

佳乃が口元を袖《そで》で隠《かく》してくすくす笑う。

「そうだったの」

常和がぴょこんと振り向く。

「ありがと、いつきちゃん」

「もういいだろ、それは」

きまりが悪くなって、伊月は二人を押しのけて先に弓場殿に入った。

「ここで弓の稽古《けいこ》をするのが御明《みあ》かしの主な勤めですわ」

「広いね」

たしかに弓場殿は広い。射場《いば》は二十人が並んで競射《きようしや》できそうなほど幅がある。入って右手に広がる矢道《やみち》の庭など、馬場《ばば》に使えそうなほどだ。

「弓、やりたいなあ」

常和が壁に掛かった弓を物欲しそうに見る。

「千早《ちはや》を着ていては無理でしょう」

千早は膝《ひざ》の上まであるたっぷりとした上着である。弓には向いていない。

それでも常和は板の間の際の射位《しやい》に立ち、空手《からて》のまま弓を構える振りをする。

「あれ？」

と、伊月を見た。

「いつきちゃん、的《まと》はどこ？」

「なに言ってるんだ。あそこにあるじゃないか」

安土《あづち》に並ぶ霞《かすみ》的を指さす。霞的は白黒の円が三重になったものだが、この距離からではぼんやりとした灰色の丸にしか見えない。

「あれ、的《まと》だったの？」

「なに？」

「だって、あんなに大きかったら稽古《けいこ》にならないよ。だれでも中《あ》たるよ、あれじゃ」

なにを言われたのかしばらく理解できなかった。

「御明《みあ》かしってもっときつい稽古してるのかと思ってたな」

意味がとれた瞬間、かっと頭が熱くなった。

「常和《ときわ》さん、長谷部《はせべ》の家ではどんな的を使っていたんですの？」

「んとね、鋼《はがね》の熊手《くまで》をこう地面に立ててね、爪《つめ》を右から順番に射て……あ、いつきちゃんどこ行くの？」

伊月《いつき》は早足で弓場殿《ゆばどの》を出た。

角を曲がったところで後ろから声がかかる。

「伊月さん、待ってください」

その言葉だけでは伊月は歩をゆるめなかった。が、「きゃあっ」と甲高《かんだか》い声がして、反射的に振り向く。

佳乃《よしの》が渡り廊下の手すりから身を乗り出すようなかっこうで、庭に落ちそうになっていた。

角を曲がりきれなかったのだ。

伊月はあわてて駆け寄ると、佳乃を助け起こした。

「ばか。走るからだ」

佳乃が抱きついてくる。

「伊月さんが止まってくれないからですわ」

珍しく声に怒気《どき》が含まれていた。

「どうしたんですの。今日の伊月さんは妙《みょう》ですわ。どうしてそう、つんつんしていますの」

伊月の首に両腕を回したまま佳乃は訊《き》いてきた。佳乃が盲目《もうもく》でよかった、などと伊月はひどいことを考えた。顔が赤くなっているのが自分でもわかった。

「朝餉《あさげ》が腹にもたれてるのかな」

「伊月さん朝餉は漬《つ》け菜《な》しか食べていないでしょう」

「……月のものなんだ、今」

「まだ十日は先のはずです」

なんでそんなことをいちいち憶《おぼ》えているんだ、と伊月は思う。

「――あれと一緒にいるとなんだか腹が立つ」

しかたなく伊月は正直に答えた。

「振る舞いが軽々しいし、物言いが無礼《ぶれい》だし――」

「そうではないでしょう」

言葉を遮《さえぎ》られ、伊月は佳乃の顔をのぞきこんだ。

「伊月《いつき》さんは不安なのですわ」

「――不安？」

伊月は佳乃《よしの》の身体《からだ》を引きはがした。

「なにが」

「弓場殿《ゆばどの》の納戸《なんど》に、戦《いくさ》で使うような鉄の熊手《くまで》がしまってあるのをご存じですか？」

「知ってるけど」

「あれはその昔、御明《みあ》かしが弓の的《まと》に使っていたものだそうです。あまりに厳《きび》しすぎる稽古《けいこ》のやり方なので今では使われないとか。ただの言い伝えかと思っていましたけれど、長谷部《はせべ》の家は常和《ときわ》さんに大した仕込み方をされたのですね」

「なにが言いたいんだ」

「怖いのでしょう、負けるのが」

伊月は佳乃に背を向けた。

「着替える。もう案内はいいだろ、稽古をしなきゃ」

「競射《きょうしゃ》をなさってはどうですか」

足を止めた。

振り向く。

「相手の力のほどが知れぬから不安になるのです。弓で勝負なさいませ」

「……わたしはべつに――」

「いつきちゃん？　どうしたの？」

廊下の角に常和の姿があった。

踵《きびす》を返して立ち去ろうとした伊月の袖《そで》を、佳乃がつかんで引き止めた。

「おい、放せ佳乃」

「常和さん、夕餉《ゆうげ》の後で競射をなさいませんか」

伊月の文句を無視して、佳乃がにこやかに言う。

「きょうしゃ？」

「弓の勝負です。伊月さんがあなたの腕前をぜひ見たいと」

「わたしはそんなこと言ってないぞ」

「わあ、楽しそう！」

常和は飛び跳ねた。

「着替えて、弓の用意してくるね！」

ぱたぱたと足音を立てて、常和は二人の横をすり抜けていった。

常和の姿が消え、空気が急に静けさを取り戻す。

「どういうつもりだ」

「ふふ、楽しみですわね」

佳乃《よしの》は伊月《いつき》の問いをさらりと流して、廊下を歩き出す。

「こら。佳乃」

伊月もやや早足で佳乃を追う。

「常和《ときわ》さんの力のほどが知りたいだけですわ」

「なんで。佳乃、弓の稽古《けいこ》だって全然しないし、火目《ひめ》にも興味がなさそうじゃないか」

「跡目争《あとめあらそ》いにはとんと興味がございませんけれど」

「じゃあなんで火垂苑《ほたるえん》に入ったんだ」

「いつかお話ししますわ」

ふふ、と佳乃は含み笑いを漏らす。

「わたくしはわたくしで、常和さんの射《しゃ》は早いうちに聞いておきたいのですわ。伊月さんもそうでしょう?」

「だからってなんでわたしが競射《きょうしゃ》なんて」

「負けるのが怖いんでしょう?」

言って、佳乃は足を止める。背は向けたままだ。

「勝負、お受けにならなくてもいいのですよ。夕餉《ゆうげ》の後、書写《しょしゃ》でもすると言って籠《こ》もってしまえばいいのです。常和さんならきっと、ころころ笑って忘れてくれますわ」

「わかったよ」

ため息混じりに言った。

「やるよ。わたしだって火垂苑《ほたるえん》で三年も遊んでいたわけじゃない」

左の脇腹《わきばら》が熱くなる。火目式《しき》が燃えている。腹を突き破って熱の塊《かたまり》が飛び出しそうなほどだ。

「負けるものか」

＊

夕《ゆう》の奉射《ほうしゃ》の後、伊月は夕餉を食べずに釣殿《つりどの》で時間を潰《つぶ》すことにした。常和と顔を合わせるのがどうにも気詰まりだったからだ。

釣殿は庭に突き出た渡り廊下の先にある小さな離れで、柱ばかりで壁のない吹きさらしである。大きな池のある庭を一望できる。

日が暮れてだいぶたっており、中庭は宵闇《よいやみ》に沈んでいた。黒々とした水面《みなも》に上弦《じょうげん》の月がくっきりと浮かんでいる。

低い欄干《らんかん》に腰を下ろし、池の側へ足を垂らす。

夜風が素足《すあし》に涼しい。

すぐ脇の柱には、一本の熊手《くまで》が立てかけてあった。弓場殿《ゆばどの》の納戸《なんど》から持ってきたものだ。

熊手といっても、庭《にわ》掃除に使うような竹製の可愛《かわい》らしいものではない。伊月の背丈《せたけ》ほどもある柄《え》には鎖《くさり》が巻かれ、先端にはいかめしい鉄の爪《つめ》が四本ついている。敵方《てきがた》の船に引っかけて手《た》繰《ぐ》り寄せるために水軍《すいぐん》が用いる、れっきとした武具《ぶぐ》である。

手を伸ばし、鋭い鋼《はがね》の爪先《つまさき》に触れる。

──こんなわずかな点を弓で狙うというのか。

童女《どうじょ》の戯《ざ》れ言《ごと》ではないかと伊月はふと思う。

「夕餉《ゆうげ》ももらわずになにをしておるのだ」

不意にすぐ後ろから声がかけられた。

伊月《いつき》は驚いて振り向き──そこが欄干《らんかん》の上であることを一瞬失念《しつねん》し──身体《からだ》が大きく傾《かし》いだ。

「うあぁっ」

釣殿《つりどの》の屋根が、そして星空がものすごい勢いで視界《しかい》を通り過ぎ、暗い水面が迫った。

鼻先が冷たい水に触れた瞬間、腕に痛みが走り、そこで伊月の身体は止まった。

「そそっかしいのう……」

白い袖《そで》から伸びた細い腕が伊月の手首をつかんでいた。

引っぱり起こされ、伊月は釣殿の床に転がる。

「豊日《とよひ》殿。い、いつからいたんだ」

腕をさすりながら起き上がる。

「今し方じゃ。なにをそんなに驚いておる」

「髪が濡《ぬ》れちゃったじゃないか。なんでいつも足音を立てないんだ」

白装束《しろしょうぞく》の童子《どうじ》は肩をすくめると、伊月がさっきまで腰を下ろしていた欄干にもたれた。

太刀《たち》こそ佩《は》いていないが、伊月がはじめて会ったときと同じ火護衆《ひもりしゅう》の装束である。長い髪は紅《あか》の紐《ひも》で高く結い上げて背中に垂らしている。真っ白な上下が煤《すす》で汚れているのに伊月は気づいた。

「しばらく見ない間に大《おお》きゅうなったな」

「ちっともしばらくじゃないぞ。ひと月前じゃないか」

「なに。子供は育つのが早い。背丈《せたけ》でもとっくにわしを追い越しておるではないか」

そういう豊日自身が十二、三の子供にしか見えないのだ。未だに正体がつかめない。ただひとつわかっているのは、伊月が九歳《さい》のときに拾われてから七年、豊日がまったく歳《とし》をとっていないことだ。

「その格好《かっこう》、化生《けしょう》狩りから帰ってきてそのまま？」

「うむ。西国《さいごく》に白禰《しらね》が山ほど出た。四つ眼《め》の狐《きつね》の化生じゃな。《い》組から《と》組まで使《つこ》うたが、すべてに灼箭《しゃくせん》を賜《たまわ》るのに十日もかかった。どいつもすばしこくての」

十日。

その間に、村や田畑《でんばた》はいくつ焼けたのだろう。

「しかし、聞けば今日は新しい御明《みあ》かしが来るとな。組詰《くみづ》め屋に帰って寝こけたいところじゃったが、顔を見ようと飛んできた」

そこで伊月《いつき》はふと思い出し、訊《き》いてみた。

「豊日《とよひ》殿。火垂苑《ほたるえん》は後宮《こうきゅう》の一部だと聞いたぞ」

「そうじゃ。知らなかったのか？　女官《にょかん》なぞ上玉《じょうだま》がそろっておろう」

足をぶらぶらさせながら豊日は笑う。

「男子禁制《きんせい》なんだろ？」

「男など入れては花の色が濁《にご》るからの。台無《だいな》しじゃ」

「あなたはどうなんだ。なんでそう平気な顔でほいほい出入りしてる」

「おお」

いかにもわざとらしく、豊日は左の手のひらを右拳《こぶし》でぽんと打った。

「わしも花の園を乱しているかのう。なるべく塀《へい》の上からのぞくだけにしておく」

呵々《かか》と笑う。

女官も、豊日だけは火垂苑に入ることを認めているようだった。火護衆《ひもりしゅう》の頭領《とうりょう》というのはそんなに地位が高いのだろうか。官位《かんい》で呼ばれているのは聞いたことがない。

「ところでこれはなんじゃ。熊手《くまで》では魚は釣《つ》れぬぞ？」

豊日が、横の柱にあった熊手を手に取る。

「ああ、それは――」

伊月《いつき》は少し迷ったが、常和《ときわ》との競射《きようしや》のいきさつを話した。

「……ふむ。熊手《くまで》を的《まと》に使うか。そういわれれば、そんな慣習もあったのう。長谷部《はせべ》は成り上がりじゃからな、御明《みあ》かしを育てようとはしたがやり方がわからず、どこぞの蔵入《くらい》りの虫食い文書でもあたったのかもしれん」

「柔木《やわぎ》を大きめに荒く削《けず》って矢尻《やじり》に使うのだと佳乃《よしの》は言ってた」

つまり、矢を的に刺すのではなく、的である熊手の爪《つめ》が矢尻に刺さるのである。

「それで？　中《あ》てる自信がないか」

豊日《とよひ》はにやにや笑いながら、手の中で熊手の柄《え》を回してもてあそぶ。

「そんなことない」

伊月はむきになって即答《そくとう》した。

「やったことがないから、慣れないだけだ。だからこうして目になじませてるんだ」

「弓場殿《ゆばどの》で、実際に射てみればよいではないか」

「そんな恥ずかしいことができるか」

練習しているところを常和に見られたりしたら、耐えられない。

「お前様もひどい負けず嫌いじゃの。そこだけは変わらん」

「大きなお世話だ」

豊日は欄干《らんかん》から降りると、熊手を伊月に押しつけた。

「新しい御明かしを見て来たぞ。常和といったか。十二というから、ここに入ったときのお前様と同じ歳《とし》じゃの」

「そう」

「鹿肉《しかにく》をお前様の分まで食べてはしゃいでおった」

想像し、思わず笑いがこぼれる。

「本道《ほんどう》を忘れるな。射るとき、この世にお前様の他にはだれもおらぬ。お前様ひとりじゃ」

そう言い置き、白装束《しろしょうぞく》の後ろ姿はまったく足音を立てず渡り廊下の奥へと歩き去った。

――わたしひとり。

伊月は熊手にすがり、立ちつくす。


母屋《おもや》に戻ると、大部屋に佳乃と女官《にょかん》が一人だけいた。

女官は絹布《けんぷ》を佳乃のまぶたに当てて、ゆっくりと揉《も》んでいる。夕餉《ゆうげ》の後、佳乃は目の治療を受けることになっているのだ。床には紙に包んだ薬草が何種類も広げられ、薬研《やげん》――薬をすり潰《つぶ》すための舟形の容器と柄の付いた円盤《えんばん》――も置かれていた。

「あら、伊月さん。どこに行ってらしたんですの」

部屋に入ると、女官よりも先に佳乃が気づいた。足音でわかるのだそうだ。

「釣殿《つりどの》で涼んでた」

伊月《いつき》はそう言って部屋を見回す。夕餉《ゆうげ》の膳《ぜん》はすでに片づけてしまったようだ。やはり食べておけばよかったか、と腹を手で押さえたのを、女官《にょかん》に目ざとく見つけられる。

「伊月様、厨《くりや》に言いつけてなにかお作りしましょうか」

「いい。腹は空《す》いてないんだ」

とっさに嘘《うそ》が出る。

「常和《ときわ》は？」

「もう弓場殿《ゆばどの》に行きましたわ。伊月さんもそろそろ」

「うん」

そう答えたが、佳乃《よしの》の投薬が済むまで待ってしまう。

「わたくしが一緒でないと怖くて弓場殿に入れないのですか？」

からかわれたので、さすがに恥ずかしくなって先に部屋を出た。すぐに佳乃の足音が追いかけてくるのがわかった。

弓場殿には常和の他に数人の女官が集まっていた。伊月と佳乃が入ってくると、年かさの女官が「また勝手なことをなさる……」とさっそく小言《こごと》を降らせてくる。

佳乃は笑顔でそれをやりすごす。

「一本ずつ引いてください。先手後手《せんてごて》を決めます」

伊月と常和に向かって矢筒《やづつ》を差し出した。矢が二本だけ入っている。言われた通り一本ずつ取ると、伊月の矢の先に赤い紐《ひも》が巻き付けてあった。

「わたしが先か」

「競射《きようしや》の次第を説明しますわ」

矢道《やみち》の庭は夜闇《よるやみ》に閉ざされている。射場《いば》にほど近い左右の端《はし》に一つずつ篝火《かがりび》が置かれているが、とても矢道全体を照らせる明かりではない。

が、佳乃の指さした先――三十三間《げん》の距離の向こう、安土《あづち》の手前に、揺らめく炎《ほのお》の点が見えた。

「熊手《くまで》はあちらの二つの明かりの間に立てられています」

佳乃が言う。なるほど、よくよく目を凝《こ》らすと、光の点は二つ並べて立てられた篝火の炎だ。

「爪《つめ》は四つ。甲乙《こうおつ》二手、四つ矢で、爪を右から順番に射ます。伊月さんが四射、その後常和さんが四射です」

「先がよかったなあ。早くやりたい」

常和がつぶやく。

「的中数《てきちゆう》が同じであれば、四射を繰り返します」

「わあ。いっぱいできるね」

「あちらの看的所《かんてき》にお一人立ってもらっています。中《あ》たり外れを鼓《つづみ》で知らせてもらう手筈《てはず》ですわ。一度鳴ったら的中、二度は失射《しつしゃ》です。矢が完全に爪《つめ》に刺さって止まらなければ……」

伊月《いつき》は、佳乃《よしの》の言葉を最後まで聞いていなかった。

吸い込まれるように、遠くの炎《ほのお》の間を見つめる。

――熊手《くまで》？

そんなもの見えない。

あるのはただ、かろうじて二つに見分けることのできる光の粒《つぶ》だ。

――爪の先を狙って射るなんて、そんなこと、できるわけが……

「……つきさん。伊月さん？」

「え、え？」

呼ばれて、はっと気づく。佳乃が首を傾《かし》げている。

「よろしいですか？」

「あ、ああ、うん」

「的看《まとみ》の方《かた》、始めてもよろしければ鼓を二度鳴らしてください！」

佳乃が庭の向こうに呼びかけると、くぐもった鼓の音が二度返ってくる。

「では」

佳乃は控えの位置まで退《さ》がった。

伊月はちらと常和《ときわ》を見た。黒のたすきで袖《そで》を絞《しぼ》り上げ、右手に韘《ゆがけ》――弦《つる》から指を保護する手袋のようなもの――を取り付けながら、目を輝かせて矢道《やみち》の向こうに視線を馳《は》せている。

――緊張《きんちょう》というものを知らないのか。

・

向き直った。

甲乙《こうおつ》の矢を手に取り、射位《しゃい》に立つ。

不意に、真っ暗な夜の池に投げ込まれたような不安が襲《おそ》ってくる。どこを目指せばいいのか、手足をどう動かせばいいのかもわからなくなる。

身体《からだ》に染みついた経験だけが、矢をつがえさせ、勝手に弓矢を打ち起こす。

的は見えない。

弓手《ゆんで》が震えそうになる。

自分の背中に注《そそ》がれた常和の視線を感じる。

篝火《かがりび》の薪《まき》がはぜる音だけがやけに耳障《みみざわ》りに聞こえる。

放った。

矢は瞬《またた》く間に闇《やみ》に呑まれ――ややあって、気の抜けた金属音が遠く聞こえた。

「残念」と佳乃のつぶやき。

鼓がこだまのように返ってくる。一度、二度。

手足の先がさあっと冷たくなる。

——射損《いそん》じた。

——無理だ、こんなの。

「今のは爪《つめ》の根本《ねもと》だね」

常和《ときわ》の言葉に、背中がぞくりと粟立《あわだ》つ。

——見えている？

——常和には見えているのか。まさか。

このまま何十回、何百回射ようと中《あ》たらないのは自覚できた。それでもあと三射。これではさらし者だ。

「伊月《いつき》さん、どうなさいましたの？　あと三射ございますわ」

佳乃《よしの》がにこやかに言う。伊月の心を見透《みす》かしているみたいだ。

——だからって、どうするんだ。参ったと頭を下げるのか。

——あんなふざけた子供に負けたと認めるのか。

——いや、常和だって口ばかりで、すべて外すかもしれない。

——あと三回のうち、一度くらいはまぐれで……

——当たるものか。

——くそ。負けたくない。負けたくない……

ふと、視界《しかい》の隅《すみ》の白い影に気づいた。

豊日《とよひ》だ。

いつの間に弓場殿《ゆばどの》に入ってきたのだろう、入り口の板戸のすぐ横、壁に寄りかかって豊日が立っている。

伊月と目があった。

笑みを残して、豊日はすぐに戸口の向こうに姿を消してしまう。

伊月は暗闇《くらやみ》に取り残される。

そのとき伊月は、豊日の言葉を思い出す。

──『射るとき、この世にお前様の他にはだれもおらぬ』

──『お前様ひとりじゃ』

伊月は、矢道《やみち》の庭の闇に視線を戻す。

──わたしは、なんてくだらないことを。

闇の中に、光の線が見えた。

伊月の唇から、まっすぐに彼方《かなた》の炎《ほのお》に向かって伸びている。

――狙ってはいけない。

――そこに矢の正しい道筋《みちすじ》を見つけ、

――乗せる。

乙矢《おつや》をつがえ、ゆっくりと引き分けながら矢をその線に沿わせた。じりじりと緊張《きんちょう》を増しながら、矢と矢筋《やすじ》が引き合う。

重なった。

その瞬間、張りつめた力が伊月《いつき》の両腕の間で弾《はじ》けた。空を裂く音が疾《はし》る。

まるで自分の胸が射抜かれたような衝撃《しょうげき》が全身に広がる。痛みはなく、むしろ心地よい。

鼓《つつみ》の音で我に返った。

女官《にょかん》達が一斉《いっせい》にほうと息をつく。

「お見事ですわ」と佳乃《よしの》。

「わあ」

常和《ときわ》が拍手すると、すかさず女官がたしなめた。

「常和様。弓場殿《ゆばどの》で手など鳴らしてはなりません」

「でもでも、中《あ》たったよ」

「弓場殿は神聖な斎場《さにわ》でもあるのですよ」

伊月は、離れの後の姿勢のまま、半《なか》ば放心して遠くの灯《ひ》を見つめる。

――これか。

全身を貫《つらぬ》いた甘い衝撃は、まだ弓手《ゆんで》の中に残っている気がした。

「さ、次の一手《いって》を」

いつの間にか佳乃が隣《となり》にいる。うなずき、その手から甲《こう》乙の矢を受け取る。

残り二射。よどみなかった。


「わかっていると思いますけれど」

弓を手に、射位《しゃい》に出ようとする常和に、佳乃が背中から声をかけた。

「二つ外したところで常和さんの負けです」

「うん。大丈夫」

常和は振り向いて、伊月に笑いかけてきた。伊月は射場《いば》の後方、控えの位置に座して、小さな後ろ姿を見送る。

七尺《しゃく》三寸《ずん》の弓は常和の身長の倍くらいあるように見える。弓構えはひどく均衡《きんこう》が悪く、危なっかしい。ほんとうに矢が飛ぶのか、とまで思う。

あの的中した三射は、我ながらなにか憑《つ》いていたような矢の乗り方だった。同じ射《しゃ》をもう一度やれと言われてもできないかもしれない。

四つも歳下《としした》の常和《ときわ》に、それが——

常和が弓を打ち起こした。


弓の上端——末弭《うらはず》が鋭く天を突き上げる。

伊月《いつき》は息を呑んだ。

体中の熱が、常和の持つ弓に吸い寄せられていくような感覚に襲《おそ》われる。弓の反りと弦《つる》の張りが力強く開かれていく。その動きしか目に入らない。

弓と弦が矢束《やつか》いっぱいに張りつめる。

見ている伊月の心身さえ引きちぎられそうなほどの緊張《きんちょう》が高まり——なお力を集めて高まり——


大気が吼《ほ》えた。

弓場殿《ゆばどの》が真昼のような閃光《せんこう》に満たされ、夜が吹き飛ばされ、澄んだ笛の音が高らかに響《ひび》いた。

伊月は思わず顔を手で覆《おお》う。

そのとき伊月の脳裏《のうり》に蘇《よみがえ》ったのは——あの燃えさかる家、母の血で牙《きば》を濡《ぬ》らした巨大な蜥蜴《とかげ》、それを貫《つらぬ》くまばゆい光の一擲《いってき》。

矢道《やみち》を隔てた彼方《かなた》でなにかが砕ける音がした。

笛の音がかすれて消え——

光が鎮《しず》まる。

矢道の庭に、夜が流れ込んでくる。

矢が通った弾道《だんどう》に、ぼんやりと赤い光の軌跡《きせき》が残っているのが見えた。

静寂《せいじゃく》。

口を開く者も、身じろぎをする者さえいない。

と、唐突《とうとつ》に廊下が足音で騒がしくなった。弓場殿の戸が叩《たた》きつけられるように開き、数人の女官《にょかん》が駆け込んでくる。

「鳴箭《めいせん》っ、今のは鳴箭ではありませぬか？」

「化生《けしょう》が出たのですか！」

「避難《ひなん》を！」

尻餅《しりもち》をついていた年長の女官がそそくさと立ち上がり、一喝《いっかつ》する。

「取り乱すでない！」

離れの余韻《よいん》にひたっている常和の背中を手で示す。

「今のは常和様の放った矢です。当代正護役《せいごやく》の鳴箭は鈴の音でありましょう。聞き分けられないとは、嘆《なげ》かわしい」

そう叱《しか》りつける女官の声も震えている。

伊月《いつき》だって、幼少の頃に一度見たきりの鳴箭《めいせん》を思い出したのだ。

「……あ、中《あ》たったかな？」

常和《ときわ》がつぶやいた。一同は的《まと》を見やる。

鼓《つづみ》は一度も鳴らない。それどころか、的の両脇に立ててあるはずの灯《ひ》が消えている。

伊月は立ち上がり、女官《にょかん》達を押しのけて矢道《やみち》に素足《すあし》で飛び降りた。

暗闇《くらやみ》の中を走る。

なにが起きたのかを見るのは怖かった。しかし足は止まらなかった。

安土《あづち》の前にたどり着く。砂が焼け焦《こ》げたにおいが漂っていたが、暗くてよくわからない。

燈台《とうだい》が倒れて、土の上に燃えさしが散乱していた。かろうじて火が残っている木切れを一本取り上げて、かざした。

背筋《せすじ》が凍った。

安土には巨大な穴が穿《うが》たれていた。固めた土砂《どしゃ》がえぐられ、塀《へい》の地肌《じはだ》が露出《ろしゅつ》している。その塀にすら亀裂《きれつ》が走っていた。

穴の中心、さらけ出された白塗りの塀の表面に、奇妙《きみょう》なものが食い込んでいた。伊月には最初、それが大きな黒いヤモリに見えた。

火を近づけてみる。

ヤモリではなかった。それは柄《え》からもぎ取られ、熱でねじ曲がった熊手《くまで》の爪《つめ》だった。

思わず叫び声をあげそうになり、口を押さえて後ずさる。

「まあ、これは……」

「恐ろしい有様《ありさま》ですこと……」

声がした。女官達も駆けつけたのだ。

「的看《まとみ》が！　倒れています！」

だれかの声に皆がそちらを向く。安土の右端《はし》、矢除けの板に隠《かく》れた空間が看的所《かんてき》になっており、そこに女官が一人倒れていた。そばには鼓が転がっている。

「しっかりなさい！」

年長の女官が抱き起こす。ううんとうなってから、看的係の女官は目を覚ました。

「どうしたの？　怪我《けが》はない？」

「は……はい……いえ……目を回してしまっただけです……」

伊月はふらふらと矢道を引き返し、射場《いば》の方へ戻った。

射場に残っているのは二人だけだった。常和はしゅんとして膝《ひざ》を抱え、涙声《なみだごえ》でつぶやいている。

「かんにんしてェ……久しぶりだったから、つい……」

佳乃《よしの》は涼しい顔をして入り口のそばに坐《ざ》していた。

「あら、どちらへ行かれるのです？」

伊月《いつき》が弓場殿《ゆばどの》を出ようと板戸を引き開けると、背中に声がかかる。

振り向かず、答えた。

「勝負はもうついただろ。わたしの負けだ。——今日は」

「……そうですわね」

佳乃《よしの》は否定しなかった。

そのことは腹立たしくもあったし、ありがたくもあった。

伊月は廊下を駆け、渡殿《わたどの》を抜けて門を飛び出した。夜風でざわめく竹林の間の石段を駆け上がる。

星空が開けた。

奉射《ほうしゃ》を行う丘である。踏みならされ、草が生えず土がむき出しになったいつもの場所に、伊月はしゃがみこんだ。

そのときになってようやく、自分が弓を握りしめたままだということに気づく。

常和《ときわ》の鳴箭《めいせん》の光が、焼きついて消えなかった。

三　火護の鐘

まだ夜明け前で、矢道《やみち》の庭には霧が立ちこめている。的《まと》はまったく見えない。自分の息づかい、衣擦《きぬず》れ、弓のきしみといったかすかな音が、弓場殿《ゆばどの》の静寂《せいじゃく》の中でははっきりと聞こえる。

何百手目《め》かの乙《おつ》矢をつがえた瞬間、弦《つる》が燃え上がった。

「――っ」

矢が射場《いば》の床に落ちる。痛みを感じ、見ると右手を護《まも》る碟《ゆがけ》も発火していた。革が熱でねじくれてめくれ上がっている。

伊月《いつき》はため息をつき、手を水瓶《みずがめ》に突っ込んだ。黒焦《くろこ》げになった碟を口で外して床に投げる。すでに床の上には焦げた碟が三枚転がっている。

火目式《ひめしき》の制御がまるでできていないのだ。だから矢ではなく弦が燃えたりする。本来、人を灼《や》かない火目式の炎《ほのお》で痛みを覚えたりもする。

――わたしはこんなに未熟《みじゅく》だったのか。

どれだけ射たのか、伊月にもわからなくなっていた。ふとこうして手を止めると、膝《ひざ》が笑っているのに気づく。両腕の肘《ひじ》も、どちらに曲がっているのかよくわからないほどしびれていた。耐えかねて、腰を下ろす。射場の床板は冷たかったが、白衣《びゃくえ》も袴《はかま》も汗でじっとり濡《ぬ》れていた。

伊月は黙々と弦を張り替えた。指も、まめが潰《つぶ》れていちいち痛む。

新しい碟をはめると、射位《しゃい》に立った。

弓構えの前から、すでに火目式が猛《たけ》っている。脇腹《わきばら》から胸、首筋《くびすじ》、背中へと、寒気のような熱が伝い広がる。

引き分け——放った。

矢は風鳴りの尾を引き、霧に渦《うず》を作りながら呑み込まれる。

ややあって、霧と闇《やみ》の奥で赤い炎がぱっと燃え上がり、すぐに消えた。

伊月はため息をつき、弓を下ろす。

——まるでだめだ。

——楽《がく》の音も鳴らないし、爆発もない。

常和《ときわ》の鳴箭《めいせん》は、目を閉じればありありと思い出せた。火目の鳴箭はその名の通り、ある種の楽器のようなきらびやかで美しい音が伴う。音色《ねいろ》には個人差があり、当代の火目はたくさんの小さな鈴を一度に鳴らしたような音を持つし、初代の火目の鳴箭は数千人の歌声の如《ごと》しであったという記録も残っている。

常和の放った、高く澄んだ笛の音が耳から離れない。

戸口が開く音がした。振り向くと、小さな巫女装束《みこしょうぞく》が入り口に立っている。

「いつきちゃん、おはよ」

常和は緋色《ひいろ》袴の裾《すそ》をずるずる引きずりながら近寄ってくる。伊月は弓と矢筒《やづつ》を肩にかけると、常和を迂回《うかい》して戸口に向かった。

「あ、あれ、どこ行くの」

「朝の奉射《ほうしゃ》だ」

「う、うちがやるよ。持ち回りだって佳乃《よしの》ちゃんが言ってた」

「いい。わたしがやる」

「でも、でも、いっぺん鏑矢《かぶらや》射てみたい」

伊月《いつき》は常和《ときわ》の鼻先で後ろ手に戸口を閉じた。

献火《けんか》の儀《ぎ》からもう五日たつが、いまだにまともに目を合わせて話ができない。

水場《みずば》でたっぷり時間をかけて禊《みそ》ぎを済ませると、装束《しょうぞく》を着替えて伊月は火垂苑《ほたるえん》を出た。真っ暗な石段を登り、丘に上がる。夜明けの青く薄い光の中、山鳩《やまばと》の声が遠くから聞こえた。

その日は一段と霧が濃く、烽火楼《ほうかろう》の影もほとんど見えなかった。空にぽつりと青い炎《ほのお》だけが浮かんでいるように見える。

一礼し、炎に背を向けた。

矢をつがえ、引き絞《しぼ》り――放った瞬間である。

鏑が鳴るひまもなかった。矢は霧の中に潜《もぐ》り込んだとたんにぱっと燃え上がると、そのまま灰になって草の上に落ちてしまったのだ。

伊月は愕然《がくぜん》とした。

――射損《いそん》じた。

――三年間、失敗したことなんて一度もないのに。

奉射を失した場合、射直しは認められていない。火目《ひめ》に対する礼を欠くとされているからだ。だから伊月は、土の上にしゃがみこむしかなかった。

「伊月さん。伊月さあん」

声がした。弓を抱えたままうずくまっていた伊月は、腰を浮かせて振り返った。石段の下から、長い黒髪《くろかみ》の巫女《みこ》姿がふわふわとした足取りで丘に登ってくるのが見えた。

伊月は立ち上がりかけたが、考え直し、佳乃に背を向けて息を殺した。

「伊月さん？　いらっしゃらないのですか？」

佳乃の戸惑《とまど》った声が聞こえる。伊月は返事をしないことに決めた。

――早く行ってしまえ。

そう思いながら膝《ひざ》を抱える。

気配が背後に立った。二本の腕が身体《からだ》に巻き付いてきたので、伊月は驚いて「ひゃっ」と声をあげてしまう。

「ふふ。見つけましたわ。返事をしてくださらないなんて、意地悪ですのね」

耳元で佳乃が言う。背中には佳乃の体温が密着している。

「もうすぐ朝餉《あさげ》ですのにいらっしゃらないと思ったら、こんなところでいじけていたなんて」

「べつにいじけてなんかないぞ」

伊月《いつき》はもそもそと反駁《はんばく》する。

「いじけているのは鏑矢《かぶらや》を灼《や》き損《そこ》ねたからですか？　それとも常和《ときわ》さんに負けたのをまだ引きずっているのかしら」

なぜ奉射《ほうしゃ》を失敗したのを知っているのか訊《き》こうとして、伊月は口をつぐんだ。放ったとたんに燃え落ちた鏑矢の間抜けな音も、佳乃の地獄耳《じごくみみ》にだけは聞こえてしまったのだろう。

伊月は胸を締めつけている佳乃の腕をほどいた。

「どっちでもないよ」

「では、なんでしょう」

「いちいちくっつくな」

伊月は佳乃の身体《からだ》を押しのけた。立ち上がり、弓を両手で握りしめる。

「ただ、常和のことで驚いていただけ」

「五日もずうっと驚いていたのですか」

「そうだよ。悪いか？」

伊月は顔をそむける。

「鳴箭《めいせん》を出すには八年かかるというけど。常和みたいなのもいるんだな。天与《てんよ》っていうのかな……」

「八年。どなたがおっしゃっていたのです？」

「豊日殿《とよひ》、が」

「まあ。まあ」

含み笑いが聞こえて、伊月は振り返った。

「笑うことか？」

「豊日殿がおいくつだかご存じですか？」

訊《き》かれて伊月は、賢《さか》しげな目の童子《どうじ》の顔を思い浮かべる。見当《けんとう》もつかない。

「聞いた話ですけれど、内裏《だいり》のいちばん年かさの女官《にょかん》が今、御歳《おんとし》五十二。その方が十四で下女《げじょ》として来たとき、豊日殿はすでに火垂苑《ほたるえん》に出入りされていたそうですよ。今とまったく変わらないお姿で」

「若作りの爺《じい》……にもほどがあるな」

薬か、あるいは仙術《せんじゅつ》のたぐいだろうか。

佳乃が話を続ける。

「ともかく、豊日殿は大勢の御明《みあ》かしを――火目《ひめ》になれた者、その何倍もの火目になれなかった者を――見てきたのでしょうね。八年というのはその経験からのお言葉でしょう」

「だから？」

伊月はいらついている自分に気づいた。

「今までの方々が八年かかったからといって——伊月《いつき》さんや常和《ときわ》さんやわたくしには関わりのないことではないのでしょうか」

伊月は佳乃《よしの》の顔をまじまじと見つめた。視線を感じ取ったのか、佳乃は顔を少し斜めに傾けて微笑《ほほえ》む。

「体得《たいとく》すれば鳴箭《めいせん》は出ます。できなければ生涯《しょうがい》出ません。熟した柿《かき》が枝から落ちるのとは違いますわ」

「知った風《ふう》なことを言うんだな。佳乃なんて、普通に矢を射たこともないくせに。そんな眼《め》で……」

はっと口をつぐんだ。

いたたまれなくなり、うつむく。

「ごめん……そんなことを、言うつもりじゃ……」

「あら、どんなことをおっしゃるつもりだったのでしょう?」

「いや、だから……」

「このお口から一体どんな厳《きび》しい言葉が出てくることになっていたんでしょうね?」

佳乃はくすくす笑いながら、両手で伊月の頰《ほお》をつまんで左右に引っぱった。

「わたしが悪かったから! やめろってば!」

伊月はその手を払いのけて顔を上げた。佳乃のにんまりした顔がそこにある。

「ほんと、伊月さんはからかい甲斐《がい》がありますわ」

「ばか！　もう戻る！」

矢筒《やづつ》を取り上げて、伊月は石段を下りようとした。

「待ってください、伊月さん」

呼び止められ、袖《そで》を引っぱられた。

「なに？」

まだ声にとげがあるのが自分でもわかる。

「弓を、貸していただけませんか」

「弓を？」

「ええ」

首を傾《かし》げながら、弓を佳乃の手に滑り込ませる。

「一射《いっしゃ》、いたしますわ。見ていてくださいな」

そう言うと佳乃は一歩離れ、弓構えの姿勢をとる。

「待って、矢は……？」

訊《き》こうとして、伊月は言葉を呑み込んだ。佳乃が東の空をひたと見据《みす》えて——まぶたは閉じられていたが、鋭い視線が霧を突き通すのが感じられた——弓を頭の高さにまで打ち起こした。

風が逆巻《さかま》き、ざあと草が鳴った。

佳乃《よしの》の細い腕がそれぞれに優美な曲線を描いて引き下ろされ、弓と弦《つる》が張りつめる。

伊月《いつき》にはたしかに見えた。本来、矢があるべきところ——佳乃の左右の拳《こぶし》の間——に、赤く細長い光が渡されている。

光が弾《はじ》けた。

常和《ときわ》の鳴箭《めいせん》よりもなお高い——笛の音というよりは揚げ雲雀《ひばり》の啼《な》き声を長く長く引き伸ばしたような——清冽《せいれつ》な響《ひび》きが空いっぱいに鳴り渡り、赤い光の筋が東の空の靄《もや》を切り裂く。

霧の切れ目に風が滑り込み、曙光《しょこう》がそれを押し開いていく。ようやく都に朝が訪れようとしていた。音はまだ止まない。風にまぎれながらも、赤い光の筋とともにどこまでもどこまでも伸びていく。

佳乃が静かに弓を下ろした。

「久しく弓はしておりませんでしたので……音の伸びがよろしくありませんわね」

伊月に向き直り、弓を差し出してくる。

「ありがとうございました。空撃《からう》ちしてしまって、ごめんなさい」

伊月は呆然《ぼうぜん》とそれを受け取る。

「さ、朝餉《あさげ》の支度《したく》がそろそろできていますわ。まいりましょう」

佳乃の声もほとんど耳に入らない。甲高《かんだか》い鳴箭の音が、まだ頭の中で反響《はんきょう》している。

＊

「ひどい有様《ありさま》じゃな」

夜、弓場殿《ゆばどの》へ入ってきた豊日《とよひ》の、第一声がそれだった。

水を張った瓶《かめ》に手を突っ込んで冷やしていた伊月は、あわてて立ち上がると、思い切りはだけていた衣の前を直した。

たしかにひどい有様である。篝火《かがりび》の薪《まき》はすでに燃え尽きて、射場《いば》を照らすのは月明かりだけだが、床は水浸《みずびた》しになり、焦《こ》げた革と化した韘《ゆがけ》や折れた矢が散乱しているのが豊日にもすぐにわかっただろう。

「なんじゃ。だれも見ていないと思って裸《はだか》で射ておったのか。女子は肌脱《はだぬ》ぎして射ると弦が乳《ち》房《ぶさ》に当たるのでいかんと聞いたが」

「そんなことするか」

衣がはだけていたのは、過熱《かねつ》した脇腹《わきばら》の火目式《ひめしき》を水で冷やしていたからだった。そそくさと立ち上がり帯をしめ直す。濡《ぬ》れた布地が地肌《じはだ》に張り付いて、ひどく冷たい。

「ふむ。障《さわ》るほどの乳房がないか。お前様は育ちが悪いのう。佳乃なぞあの歳《とし》じゃが、もっとこう、ずずいと」

豊日《とよひ》は伊月《いつき》の全身をしげしげと眺《なが》める。

「う、うるさいな。なにしに来たんだ」

「女官《にょかん》から聞いての。夕餉《ゆうげ》にも顔を出さず弓ばかりしておるうつけがおると。面白そうじゃから見物に来た」

伊月は手ぬぐいを豊日に投げつけると、壁に掛けてあった弓を取った。

「この水はなんじゃ」

手ぬぐいを顔からむしり取りながら豊日が訊《き》いてくる。

「水撒《みずま》いておかないと床とか衣とか燃えてしまうんだ」

豊日の眉《まゆ》が寄る。

「燃える？」

それ以上は言わず、伊月は射位《しゃい》に立つ。

弓を構え、闇《やみ》に沈む矢道《やみち》の向こうをにらんだ瞬間である。じゅううううっという音がして、床から湯気《ゆげ》がもうもうと沸《わ》き上がった。火目式《ひめしき》からあふれ出した力が熱になってあたりを覆《おお》ったのだ。

「むう」

豊日がうなり声をあげるのが聞こえる。汗のにおいが立ちこめる。伊月は腹によじれそうなほどの熱を覚えた。溶けた鉄を飲み込んだみたいだ。

矢をつがえ、引き絞《しぼ》った。弦《つる》が素手《すで》の指に食い込んで、ちぎれそうなくらい痛む。放った。

矢は弓から離れた瞬間、赤熱《せきねつ》した光の塊《かたまり》に変わったかと思うと、即座《そくざ》に四散《しさん》した。同時に、割れ鐘《がね》を突いたような金属的で不快な音が鳴り響《ひび》く。

伊月は目を細めて顔をしかめた。

――なんてひどい音。

――火目式も狂ったままだ。

「矢が何本あっても足りんの」

湯気を手で払いながら、豊日が寄ってくる。

伊月はため息をついて弓を下ろした。床の水はすっかり乾いている。

「しかし楽《がく》の音は鳴るようになったではないか」

「あんなひどい音。鳴箭《めいせん》にはほど遠いよ。常和《ときわ》や佳乃《よしの》の音は、もっと、高くて、きれいで……」

「ほ。佳乃の鳴箭を聞いたか」

「うん」

伊月は弓を壁に掛けると、震える右手を瓶《かめ》の水に突っ込んだ。熱で水面がじゅっと音を立てた。切れた指に水がしみる。

「わたしは、三年もなにをしてたんだろな。いっぱしの腕にはなったつもりだった。佳乃とわたしなら、わたしが火目《ひめ》に選ばれるだろうと高《たか》をくくってたんだ」

言葉を切り、ちらと豊日《とよひ》の顔を見た。

笑い飛ばされるだろうと思っていたが、童子《どうじ》の顔はいつになく真剣で、その視線はじっと瓶《かめ》の中の伊月《いつき》の手に注《そそ》がれていた。

しばらくの沈黙《ちんもく》の後、豊日は口を開いた。

「——当代、なぜ御明《みあ》かしが三人だけか知っておるか」

「……いや」

「弓削《ゆげ》の家のせいじゃ」

「弓削、って、佳乃《よしの》の？」

「うむ。旧《ふる》くから三位《さんみ》をこうむる家での。祭祀《さいし》を取り仕切る一族じゃ。過去に六度も火目を出しているのは都《みやこ》広しといえど弓削だけじゃろう」

「知らなかった……」

佳乃は自分のことをほとんど話さなかったのだ。弓削という家名にしたって、聞いたのはたしか女官《にょかん》の口からだ。

「弓削の血筋《ちすじ》は火気が強いとも言われとる。それにあそこは……少々手段を選ばんところがあるしの。そんな弓削の家に、またぞろとんでもない娘が産まれたという噂《うわさ》が走った。十五、六年も前のことじゃが」

「それが、佳乃」

豊日はうなずき、続ける。

「産湯《うぶゆ》を使《つこ》うたら桶《おけ》が干上《ひあ》がったとかいう眉唾《まゆつば》な話も広まったのう。火目を狙っておった他の公家《くげ》どもがそろって、村娘漁《あさ》りや自分の娘への弓《ゆみ》仕込みなんぞをあきらめた」

――なぜ？

訊《き》きかけて、伊月は口をつぐむ。質《ただ》すまでもない。自分だって、あの一瞬――佳乃の手から放たれた赤い光の矢が霧を貫《つらぬ》いた一瞬、あきらめを味わったではないか。

「あれはあれで金も手間もかかるでの。火目を出せんでは元がとれん。欲呆《よくぼ》けの公家どももも、勝ち目のない弓削を相手に回すほど馬鹿ではない」

一度言葉を切り、豊日はにまりと笑う。

「長谷部《はせべ》は……馬鹿だったのか、あの常和《ときわ》なら勝算ありと見たのか。どちらかのう」

「――あなたは、どっちなんだ」

伊月は乾いてしまった衣にまた水をふりかけながら、訊《たず》ねる。豊日だって、その弓削を相手に回して伊月を育て、火垂苑《ほたるえん》に送り込んだのだ。

豊日は答えず、笑って訊き返してくる。

「気休めになったか？」

伊月は眉をひそめた。

「お前様が弱いのではない。佳乃《よしの》が――」

――気休め？

水音が豊日《とよひ》の言葉を遮《さえぎ》った。

伊月が瓶《かめ》の水を大量に床にぶちまけた音だ。

豊日は眉《まゆ》をひそめ、一歩後ずさる。

「……伊月《いつき》？」

「わたしがなんで都に来たと思ってるんだ」

抑えようとしても、言葉の端々《はしばし》がくすぶり、今にも発火しそうだ。

「丈比《たけくら》べで勝って火目《ひめ》になるためじゃないぞ。あいつらを、あの蜥蜴《とかげ》どもを、化生《けしょう》を、残らず焼き尽くすためだ」

じゅっ、と水が音を立てて爆《は》ぜた。

「教えてくれたのはあなたじゃないか。わたしが、村を焼いたんだ。わたしのせいで、かかさまは、わたしの……」

「伊月、やめろ」

豊日が顔を歪《ゆが》めて言った。

伊月は立ち上がり、瓶から離れる。濡《ぬ》れていた両手はいつの間にか乾いている。弓を再び取り上げた。

――だれかより強いとか、だれかより遅れているとか、わたしの知ったことじゃない。

――だれよりも強くなければ。

もうほとんど矢が残っていない矢筒《やづつ》から、二本引き抜いた。

甲《こう》の矢をつがえ、引き分ける。力をこめた腕さえ熱く、今にも燃え上がりそうだ。

放つと、矢はすぐさま爆散《ばくさん》し濁《にご》った鐘《かね》の音が夜の闇《やみ》を揺らした。

――くそ。

腕の筋がじくじくと痛んだ。震えが弓にまで伝わっている。

歯を食いしばり、乙《おつ》の矢をつがえた瞬間、身体《からだ》がふわりと重さを失った。

――え？

足下の床の感触《かんしょく》が消える。耳鳴りがやってくる。弓場殿《ゆばどの》の高い軒《のき》がものすごい勢いで遠ざかる。

からん、と乾いた音がした。

伊月の手から滑り落ちた弓が床を打った音だ。

豊日の顔がすぐ前にあった――否、上だ。伊月はいつの間にか仰向《あおむ》けに倒れている。背中に回された豊日の手がひどく冷たく、心地いい。

「いきなりぶっ倒れるな。驚くではないか」

そういって豊日は伊月の頬《ほお》にぺたぺたと触れる。気恥《きは》ずかしくなり、その手を払いのけようとするが、腕が持ち上がらなかった。

「お前様、朝夕ちゃんと食べておるか？　やつれたぞ」

「……食べてる」

「嘘《うそ》をつけ。夕餉《ゆうげ》を抜いて弓にかまけておるのじゃろ。だから胸が育たんのじゃ」

豊日《とよひ》の腕が首筋《くびすじ》を伝いおりて胸に伸びたので、伊月《いつき》は身をよじって逃げ出した。はずみで床に背中から落ちてしまう。

「胸は関係ないだろ」

胸元を手で隠《かく》しながら、起き上がった。頭がぼうっとしている。豊日の顔も暗がりの中でにじんで、笑っているのか澄ましているのかよくわからない。

「ふむ。わしも腹が減ったのう。ちょいと抜け出すか」

豊日は伊月の腕をつかんで引っぱり起こすと、ほとんど肩に担《かつ》ぐようなかっこうで弓場殿《ゆばどの》の出口に向かって歩き出した。

「な、おい、待て。どこ行くんだ」

ふりほどこうとしたが、疲れが急にのしかかってきていて力が入らない。

「宮中《きゆうちゆう》の飯はどうも口に合わん。お前様もそうじゃろ」

「引っぱるなひとりで歩ける！」

だれもいない真っ暗な廊下を通り、東の対屋《たいのや》から火垂苑《ほたるえん》の裏手《うらて》に出た。

「どこ行くんだ？」

「しっ」

豊日に背中を押されながら、庭の端《はし》、茂みと塀《へい》の間を門とは反対の方へ歩いた。釣殿《つりどの》の青黒い影が右手を過ぎ、やがて池が広がる。

と、小さな影が茂みの中から突然飛び出してきた。

「わ」

驚き飛び退《の》く伊月に、その影は飛びかかってくる。足に組みつかれ、転びそうになる。

「い、いつきちゃん？　いつきちゃんなの？」

暗闇《くらやみ》の中、童女《どうじょ》の声が響《ひび》いた。

「常和《ときわ》？　なんでこんなとこに」

「こ、怖かった！　怖かったよう！　豊さまにここで待ってろって言われて、ひとりでほっぽかれたの」

見れば常和は寝間着《ねまき》姿である。

「二人とも騒ぐでない。女官《にょかん》に見つかったら叱《しか》られるぞ」

背後で豊日が低く言う。

「どういうつもりだ、常和まで連れ出して」

「声が高いと言うておる」

豊日は自分に続くようにと仕草《しぐさ》で促《うなが》すと、腰をかがめて茂みの中に潜《もぐ》り込んだ。

茂みと土塀《どべい》に挟まれた暗闇《くらやみ》に豊日《とよひ》の白い背中がはまりこむと、突然消える。

「……え？」

伊月《いつき》は塀の隅《すみ》ににじり寄った。

白い塀の足下がひび割れ、穴があいている。

「早うこっちに出ろ」

穴の中から豊日の手がにゅっと突き出てきて、指でくいくいと伊月を促《うなが》す。

「ばか、御明《みあ》かしが勝手に火垂苑《ほたるえん》から出たりしたら、説教《せっきょう》喰らうぐらいじゃ済まないぞ」

「そんなことはない。三代前の火目《ひめ》は御明かしの頃からよく女官《にょかん》の目を忍んで街に繰り出しておった」

「だからって」

「お前様の弓は、じきに腐るぞ」

ずばり言われ、伊月は言葉を失う。

「なぜ腐るのか、教えてやろう。答えは塀の中にはない。出ろ」

穴の向こうから聞こえてくる豊日の声が、急に冷たい響《ひび》きになる。

伊月はしばらく戸惑《とまど》っていた。

「と、通れるのか」

「わしが通れるのだから、お前様や常和《ときわ》は難《なん》なかろ」

「常和、くっつくな。動きづらい」

「やだ、やだ、おいてかないで」

伊月は困り果てたが、けっきょく常和の手を握ったまま後ろ向きに穴を通り抜けることにした。肘《ひじ》や頬《ほお》が塀の裂け目でこすれて、土がぼろぼろと落ちてきた。

常和の腕をつかんで穴から引っぱり出すと、文句のひとつも言ってやろうと豊日を振り返る。が、真っ白な後ろ姿は竹林《ちくりん》沿いの坂道を下ってすでに小さくなっている。常和の手を引いて追いかけた。

「あんな抜け道があるなんて知らなかったな」

「あの穴だけではないぞ。わしは火垂苑だけで六つは抜け穴を知っておる」

豊日が振り向いて言う。顔は暗くてよく見えないが、声の調子が愉快《ゆかい》そうだ。なるほど神出《しんしゅつ》鬼没《きぼつ》なわけである。

「女官の着替えが見える場所があっての。今度教えてやろう」

「ばか。そんなのいいから、どこに連れてくのか教えろ」

宣陽門《せんようもん》の脇の戸口から出て、省庁が並ぶ合間をさらに東へと歩く。通りを照らすのは月明かりだけ、くわえてすでに濃い霧が出ていて、前を行く豊日の足下すらおぼろげだった。

「言うたじゃろ。飯じゃや」

都はどっぷりと夜闇《よるやみ》に浸《つ》かっているのに、その屋敷《やしき》だけが篝火《かがりび》に照らされて浮かび上がっていた。

＊

門柱に無造作《むぞうさ》に釘《くぎ》で打ち付けられた大きな板には、菱形《ひしがた》で囲まれた《い》の一字がある。

「懐《なつ》かしいか？」

豊日《とよひ》が言う。

「伊月《いつき》ちゃん、ここ知ってるの」

伊月の腰にしがみついた常和《ときわ》が、見上げて訊《き》いてくる。

「ああ、……うん」

目が潤《うる》んでいるのを常和に悟《さと》られないよう、《い》の字を見上げたまま伊月は小さくうなずく。

「火護衆《ひもりしゅう》《い》組の組詰《くみづ》め屋だ。――わたしが前にいたところだ」

豊日が門脇の木戸《きど》を開くと、中から桜色《さくらいろ》の唐衣裳《からぎぬ》を着た大柄《おおがら》な中年の女がにゅっと顔をのぞかせた。

「あんれ豊日さま、早かったの……」

と、その女と伊月の視線が合う。女の顔がぱあっと明るくなった。

「伊月、伊月でねの！　大きゅうなったなあ！」

豊日を押しのけ、抱きついてくる。

「琴《こと》おばさん、ひさし、ぶ、く、苦しい」

「ありゃ、あいかーらず骨と皮ばっかだねこの子は」

お琴はぎゅうぎゅうと伊月を抱きしめる。

ようやく苦労して伊月がお琴の巨体を引きはがすと、二人の身体《からだ》の間から、挟まれて潰《つぶ》されていた常和がふらりと出てきて倒れそうになった。

「だ、大丈夫か常和」

「むぅう、苦しかった……」

「あんら、こっちの子はだんれ？」

お琴があっけらかんとした声で言う。

一部始終《しじゅう》を笑いながら見ていた豊日が、ようやく口を挟んだ。

「伊月の同門生じゃ。それより琴、腹が減った。夕餉《ゆうげ》を三人分増やしてくれぬか」

火護衆組詰め屋の夕餉は大広間で一斉《いっせい》にとる。

なにしろ大《おお》所帯である。《い》組一つだけで、鉾衆《ほこしゅう》が十八人、年若い斧《よき》衆が十人いる。それを世話する女房《にょうぼう》が八人、さらには豊日《とよひ》が預かっている身よりのない童女《どうじょ》達が六人。それが湯気《ゆげ》の立ちこめる広間に集まって食事をする。

「豊日殿、今晩は後宮《こうきゅう》に顔見せと聞いたので、二日は戻らぬと思っていましたぞ」

頬傷《ほおきず》のある精悍《せいかん》な鉾衆《ほこしゅう》の一人が、豊日の盃《さかずき》に酒を注《つ》ぎながら笑う。

「あそこの酒は二口で飽きる。わしは濁《にご》り酒が好みじゃの」

「宮中《きゅうちゅう》の女子《おなご》はどうですかな」

「女も三口で飽きるのう」

「はっはっは」

大の男達は酒瓶《さかびん》を囲んで談笑している。あぶった干《ほ》し魚の匂《にお》いが酒気に混じって、酒の味を知らない伊月《いつき》もこれを嗅《か》ぐとなにやらうっとりした気分になる。

「常和《ときわ》姉ぇ、四つから弓してたの？」

「すごぉい」

童女達の甲高《かんだか》い驚きの声が、すぐそばからあがる。常和は伊月の隣《となり》に坐《ざ》していて、さらに幼い童女達に囲まれていた。同じ年頃《としごろ》の来客などまずないから、珍しくて皆はしゃいでいるのだろう。

「長谷部《はせべ》さまがおっかない人でね、日が暮れるまでに千手《せんて》射ないと叱《しか》られるの」

煮芋《にいも》をほおばりながら常和はさらりと言う。

「千手って、矢を千本も？」

女童の一人が大げさに驚いてぴょんと跳び上がり、はずみで皿がぶつかりあって音を立てる。

「ううん、二千本のこと」

「うわぁ」

「手がむけちゃいそう」

「でもでも、伊月姉ぇもそれぐらいやってたよ、ね？」

「そうだよ！　ね？」

視線が伊月に集まる。

「伊月姉ぇなんか、豊さまがもう寝ろって言っても弓はなさなかったもんね！」

童女達が笑い出す。つられて火護衆《ひもりしゅう》の男達も話の輪に入ってきた。

「化生《けしょう》狩りに連れてけと毎度ごねて手を焼いたのう」

「街の子に親無しとからかわれて、相手が泣くまで殴《なぐ》ったこともあったなあ。あのときは俺が謝りに行ったんだぞ」

「嫁《よめ》のもらい手はまずなかったろうからな。帝《みかど》がもらってくださって一《ひと》安心じゃ」

ひときわ大きな笑い声。

「うるさいなあ。いいじゃないか昔のことは」

伊月はぶっきらぼうに言って、口の中の麦飯《むぎめし》を汁で流し込む。

「でも、うちもこの五日、いつきちゃんが弓やってるとこしか見たことないよ」

常和《ときわ》の言葉に伊月《いつき》はむっとするが、まわりの笑い声がその怒りを押し流す。

「常和姉《ね》ぇと伊月姉ぇ、どっちが巧《うま》いの？」

いちばん年下の娘が何気なく訊《き》いた。

「こないだ勝負したよ！」

常和が嬉《うれ》しそうに答える。

「いつきちゃんすごいんだよ、熊手《くまで》の爪《つめ》に三つも中《あ》てたの」

「常和姉ぇは？」

「どっちが勝ったの？」

童女《どうじょ》達が目を輝かせる。

「うちは……失格負け」

「ちょっと待て、負けたのはわたしだろ？」

思わず気色《けしき》ばんで伊月は口を挟んだ。

常和はびっくりした顔をする。

「だって、うち、的《まと》ぐちゃぐちゃにしちゃって」

「だからあれはわたしの負けだ」

「なんでぇ？　いつきちゃんは三つ中てたじゃない。うちは」

「あれが常和の負けだって？　ふざけるな」

口論を、高い笑い声が遮《さえぎ》る。

「自分が勝ったと言われて怒るとは妙《みょう》な奴《やつ》じゃ」

豊日《とよひ》だった。囲炉裏端《いろりばた》で盃《さかずき》を傾けている。そのまわりの男達の笑い声がひときわ大きくなる。

伊月はなにか言い返そうとしたが、厨房《ちゅうぼう》からお琴《こと》の太い声が飛んだ。

「こりゃ、くっちゃべってねで、早よ食べてけんろ！」


食事の後、伊月と常和は湯浴《ゆあ》みをした。後ろがつかえているから二人一緒に湯を使え、と豊日に言われたのだ。

「うわあ、すごい深い湯桶《ゆおけ》」

湯室《ゆむろ》の低い戸口をくぐったとたん、常和が歓声をあげる。その裸《はだか》の尻を押し込んで、伊月も中に入った。

湯気《ゆげ》の充満した息苦しいほどの狭い部屋だ。常和の胸ほどの深さもある四角い風呂《ふろ》桶が床の半分を占めていた。ふたを取ると、中にはたっぷりと湯が満たされている。濃い湯気を顔に受けて、常和は驚き飛び退《の》く。

「火護衆《ひもりしゅう》は血とか煤《すす》で汚れるからな。頭からざぶざぶ浴びるんだ」

「浴びる？　お湯を？」

常和《ときわ》が見上げて訊《き》いてくる。

──そうか、蒸《む》し風呂《ぶろ》しか使ったことがないんだな。

これほど贅沢《ぜいたく》に湯を使う風呂は、火護衆組詰め屋《ひもりしゆうくみづ》にしかないと聞く。

伊月《いつき》は手桶《ておけ》をつかむとお湯をひとすくい取って頭からかぶった。さわやかな熱が肌《はだ》を伝い落ちる。久々だが、心地よい。

常和はおっかなびっくり湯桶《ゆおけ》の水面を指で触って、すぐに引っ込めてを繰り返している。

「火は怖くないくせに、湯を怖がるんだな」

献火《けんか》の儀《ぎ》のとき、燃えさかる藁《わら》人形を常和が躊躇《ちゆうちよ》なく踏みつけていたことを思い出し、伊月は言った。

「え？　あ、うん」

常和は伊月から離れた壁際《かべぎわ》にしゃがみ込む。

「千木良《ちぎら》さまがね、火目《ひめ》になるには火に慣れなきゃいけないって」

「だれだ、ちぎらって」

「んと。うちの、弓のお師匠《ししよう》様。火目のことにすごく詳しいの。千木良さまがそうした方がいいって言って、松明《たいまつ》とかで……」

常和の声がすぼまる。

「松明《たいまつ》とかで、なんだって？」

訊《き》いてから、伊月《いつき》はそれに気づいて、息を呑む。

常和《ときわ》の右胸、鎖骨《さこつ》の下あたりから、まだほとんどふくらみのない乳房《ちぶさ》にかけて、うっすらと赤い模様《もよう》が広がっている。

──火傷《やけど》の痕《あと》だ。

熱で肌《はだ》が上気してきたからだろう、地虫《じむし》のようにのたくった皮膚《ひふ》の引きつりがはっきり浮かび上がっている。

「常和、おまえ、それ」

見られたのに気づいたのか。常和は膝《ひざ》を抱えて火傷を隠《かく》す。

「……長谷部《はせべ》の家で、やられたのか」

自分で口にしてしまってから、伊月はその想像に慄然《りつぜん》とする。寒気がおこって、そこが湯室《ゆむろ》であることも忘れそうになる。

常和は小さくうなずいた。

「火目式《ひめしき》を、灼《や》くと、ちからが強くなるって」

常和の脇腹《わきばら》から肩にかけて広がった火傷の中に、ぽつりぽつりと赤黒い斑点《はんてん》があった。伊月の右脇腹《みぎ》にあるものと同じ、火目式の星だ。

よく見れば、火傷の痕は、火目式の星を何重にも囲む五角形を基調とした複雑な紋様《もんよう》を描いている。あきらかに、人為的《じんい》につけられたものだ。

——火目式を灼くと強くなる？

「ばか言うな、そんなの……」

伊月は口をつぐむ。

手桶《ておけ》が手の内から滑り落ちて湯の中に落ちる。

迷信《めいしん》だと言おうとしたが、そうとも言い切れない。げんに、常和の火目式の力は尋常《じんじょう》ではないのだ。

——そこまでするのか。

「常和、おまえ、なんで……」

「ん？」

なぜそこまでできるのか、という問いを伊月はぐっと呑み込んで、別の言葉を口にする。

「なんで火目を目指す」

常和は不思議《ふしぎ》そうな上目遣《うわめづか》いを返してくる。

「長谷部さまが、おまえは火目になれ、って」

「主人の言うことならなんでも聞くのか。ばかじゃないのかおまえは」

なぜ自分はこんなに怒っているのだろう、と伊月は思う。

「だって、長谷部さまは、うちをもらってくれたもの。うち五人兄妹の末っ子で、いっつも貧乏で、おっ母《かあ》も口が減ったって喜んでたもの。長谷部《はせべ》さまのおかげ。だから、恩返《おんがえ》し」

伊月《いつき》は下唇を噛《か》みしめると、湯の中から手桶《ておけ》を拾い上げた。

湯を顔に浴びせる。

何度も、何度も。

水音の向こうで常和《ときわ》がなにか言った気がした。伊月はそれを無視した。毎朝の禊《みそ》ぎのように、肌《はだ》が引きつるほど熱い湯をかぶり続ける。

ふと、鐘《かね》の音が聞こえた。

伊月は手を止めた。

低く野太《のぶと》い金属音が、いんいんと空気を震わせている。

「なに？　あの音」

常和がつぶやいた。

伊月は全身の力が抜けるのを感じた。

背中を湯室《ゆむろ》の壁にべったりとくっつける。

「……火護衆《ひもりしゅう》の、鐘だ」

都の民に火の用心を呼びかけるため、組詰《くみづ》め屋の櫓《やぐら》の上で夜毎《よごと》打ち鳴らされる鐘。

伊月はこれを聞きながら育った。

母を亡くし、都に連れられてきてからの四年間、毎晩この音を耳にしながら眠った。

なぜだろう、伊月は自分が生まれ育った村のことをもうよく憶《おぼ》えていない。幼い頃の記憶《きおく》は、あの炎《ほのお》を連れた蜥蜴《とかげ》が、母と一緒に喰らってしまったみたいだ。

「いつきちゃん、泣いてるの……？」

いつの間にか常和が立ち上がって伊月の顔を下からのぞきこんでいた。

「ばか」

答えて、声がぐずついていることに気づき、伊月は自分が本当に泣いていると知った。

「ええと、ごめんね？　いつきちゃん」

「なんで、あ、……謝るんだ」

「だって、うちが来てから、いつきちゃんずっと怒ってるでしょ」

「怒ってない」

伊月は嘘《うそ》をついて、腫《は》れぼったくなった目の下を手でこすった。

「ほんとに？」

「怒ってないってば」

「よかった」

常和は、蒸《ふ》かしたての麦饅頭《むぎまんじゆう》のような笑みを浮かべた。伊月は思わず目をそらした。

湯室から出ようとして、尻をつつかれる。

「な、なに？」

振り向くと、常和《ときわ》はもじもじしながらうつむいた。

「えと。お湯、うちもかぶってみたい」

「……勝手にやればいいじゃないか」

「でも、でも、ちょっと怖い」

伊月《いつき》は首を傾《かし》げる。

常和は湯に浮かぶ手桶《ておけ》にちらと目を走らせて、言った。

「いつきちゃん、やって?」

「ああ……」

——そういうことか。

伊月はため息をついて、湯桶《ゆおけ》のところに戻った。手桶にたっぷりと湯をくみ取る。

「かけるぞ」

「え、あ、ちょっと待って」

「ばか後ろ向くな」

「え、でも」

「目をつむるな」

「そ、そんなの無理」

「手ぇどけろってば。ただのお湯だ、怖くないよ」

「きゃ、ちょ、いつきちゃん、待って待って」

伊月は常和の顔に容赦《ようしゃ》なくお湯をぶちまけた。


火護《ひもり》の鐘《かね》はまだ間を置いて鳴り続けている。

伊月は縁台《えんだい》に腰を下ろして、濡《ぬ》れた髪を拭《ふ》いていた。四月の終わりの夜気は湯上がりの火照《ほて》った肌《はだ》に心地よい。

庭の向こう端《はし》には火《ひ》の見櫓《みやぐら》があり、鐘の音はそこから響《ひび》いている。夜の鐘打ちは、火護衆でもいちばん若い見習いの仕事だ。伊月はここで暮らしていた頃、いくつも歳《とし》の離れていない見習いにせがんで、櫓に一緒に上がらせてもらったことがあった。

——見つかって叱《しか》られたっけ。

伊月は思い出し笑いをする。

「なにをにやついとるのじゃ」

いきなり後ろから声をかけられ、腰が浮いた。振り向くと、白い着流しの童子《どうじ》が廊下に立っている。

「と、豊日《とよひ》殿。びっくりした」

相変わらず足音を立てない。

「常和《ときわ》はどうした」

「のぼせてひっくり返ってる」

豊日《とよひ》は声を上げて笑うと、伊月《いつき》の隣《となり》に腰を下ろした。

それからまじまじと伊月の顔をのぞきこんでくる。

「だいぶましな顔になったのう。お前様、ここ何日か眉根《まゆね》にしわが寄りっぱなしじゃった。せっかくの華《はな》が台無《だいな》しじゃ」

「そんなに、わたしは、とげとげしてたかな」

「自分で気づいておらんかったのか？」

「あ、いや、そんなことはないけど」

佳乃《よしの》と常和と豊日に同じことを言われたことになる。無性《むしょう》に自分が恥ずかしくなった。

「ところでなぜまた白衣《びゃくえ》に緋色袴《ひいいばかま》を着ておる。琴《こと》が寝間着《ねまき》を出してくれたろうが」

「ここに泊まるのか？」

驚いて伊月は訊《き》き返す。

「なんじゃ。野宿でもするつもりか？」

「そうじゃなくて、火垂苑《ほたるえん》に帰らないと。もういないのがばれて大騒ぎになって……」

「今帰っても明日帰っても、女官《にょかん》がぎゃあぎゃあわめくのは変わらん」

「でも」

「夜道は危ないぞ。火護《ひもり》の鐘《かね》が鳴り止んだらさっさと布団《ふとん》に引っ込めと習わなんだか」

「朝の奉射《ほうしゃ》に間に合わない」

「佳乃がやればよかろ」

伊月は黙り込む。

「ここに居とうない理由でもあるのか」

理由はあった。

ここにいると、なんだか火垂苑《ほたるえん》に帰りたくなくなってくるような気がするのだ。居心地《いごこち》が良すぎるし、懐《なつ》かしいものが多すぎる。しかしそんなことを豊日には言えない。

「心配せずとも、わしが書き置きを残しておいた。さほど騒ぎにはならんじゃろ」

「……気まぐれじゃなくて、最初からわたしと常和を連れ出すつもりだったのか」

「さて」

豊日は笑ってごまかした。

「わたしの弓が腐るとか、どうとか」

「それは済んだ。お前様はもう大丈夫じゃろ」

「なにが？　全然わからないぞ。わたしが鳴箭《めいせん》を出せないのに、なにか理由があるのか」

「お前様の射《しゃ》でも楽《がく》の音は鳴るではないか」

「あんな汚い音じゃ、だめなんだ。常和のも佳乃のも、もっと、高くて、きれいで……」

「だからそれはもう済んでおる」

「なにが！」

思わず伊月《いつき》は声を荒くした。

豊日《とよひ》は答えず、目を細めて顔を上に向けた。

伊月もその視線をたどって夜空を見る。

下弦《かげん》の月。

「──止んだの」

豊日がぽつりとつぶやいた。

たしかに、火護《ひもり》の鐘《かね》はいつの間にか途絶《とだ》え、夜のしじまにかすかな虫の声だけが聞こえる。

豊日が立ち上がって、伊月の頭をぽんと叩《たた》いた。

「寝ろ」

＊

あわただしい足音で目を覚ました。

狭い寝所《しんじょ》の床には、何人もの童女《どうじょ》と布団《ふとん》がもみくちゃになって転がっている。どれが常和《ときわ》なのかもよくわからない。

伊月は寝ている子を踏んづけないようにと木戸《きど》まで這《は》っていくと、薄く開いた。

「——おもてに牛車《ぎつしや》が」

「どこの公家《くげ》さまやろか」

女房《にようぼう》達の話し声が聞こえた。

廊下に顔を出すと、あたりはもう明るかった。日が出るまで寝ているなんてどれくらいぶりのことだったろう。まだ頭がぼうっとしている。

伊月の目の前を鉾衆《ほこしゆう》が二人、ばたばたと通り過ぎた。かと思うと、廊下の向こう端《はし》から女房がやってくる。

「なにがあったの?」

伊月は廊下に這い出して女房を呼び止めた。

「それがねえ、公家さまがいらっしたんよ。こんなに朝早くから。なにかしらねえ。とにかく豊日さまに知らせないと」

そう言うと女房はまた駆けていく。

と、今度はまた奥から、何人かの足音がやってきた。

「弓削《ゆげ》の、弘兼《ひろかね》殿だとか」

「弓削か。彼奴《きやつ》もあいかわらず耳ざといのう」

そんなやりとりが聞こえる。

——弓削《ゆげ》?

その名前には聞き憶《おぼ》えがあった。佳乃《よしの》の生まれた家だ。弓削弘兼《ひろかね》といえば当主、佳乃の父親ではなかったか。

廊下を曲がって現れたのは豊日《とよひ》だった。後ろには歳《とし》のいった鉾衆《ほこしゅう》の束頭役《つかがしらやく》を三人連れている。

「おう、伊月《いつき》。起きておったか。衣をちゃんとせい。それから常和《ときわ》を早う起こせ。弓削弘兼がお前様たちに会いに来たそうじゃ」

「わ、わたしに? なんで?」

「いいから、顔も洗って来るんじゃ。急がずともよいが、そのなりではみっともないぞ」

そう言い捨て、豊日は三人を連れて廊下の向こう端に消えた。

客人《きゃくじん》は、昨晩《さくばん》伊月たちが食事をした大部屋に通されていた。もとよりむさ苦しい火護衆《ひもりしゅう》のねぐら、客をもてなすための部屋など用意されていない。

大部屋の木戸は開け放たれており、すぐ庭に面している。伊月は庭で常和と一緒に童女《どうじょ》達の相手をしながら、部屋の中をうかがっていた。

弓削弘兼は年齢《ねんれい》のわかりにくい男だった。色白の細面《ほそおもて》で、目は驚くほど細い。後ろに控えた二人の小姓《こしょう》も似たような面構《つらがま》えのうらなりである。それが白装束《しろしょうぞく》の童子《どうじ》——豊日と向かい合って坐《ざ》している様《さま》は、なんとも不気味《ぶきみ》な光景だった。

「久しゅうございますな、豊日殿」

そう言って弘兼は、芥子《からし》を溶いた麦湯を一口する。豊日の前にも同じものが入れられた椀《わん》がある。公家《くげ》の間で流行《はや》っている飲み物だという。伊月も一度だけ豊日に飲まされたことがあるが、胸が悪くなるしろものだった。

「組詰《くみづ》め屋にまで足を運ぶとは珍しいな、弓削の。なにしろ鉾と斧《おの》と煤《すす》ばかりの汚い詰め屋じゃ、大したもてなしもできんが許せ」

「なに、なかなかの芥子湯にございます」

椀を取り上げもう一口。

「聞けば豊日殿が西国《さいごく》の白禰《しらね》狩りから戻られたと。遅ればせながらご挨拶《あいさつ》に参りました。ご無事でなにより」

「六日もたってからわざわざ来やるとは、嬉《うれ》しいぞ弓削の」

「ほほ。豊日殿にお会いできるのなら、たとえば二年前の祝い事でも思い出してかこつけましようぞ」

常和は童女達と独楽《こま》回しに興《きょう》じているが、伊月だけは二人の会話に耳を傾けていた。背筋《せすじ》が寒くなった。どういう関係なのだろう？

弓削弘兼は三位《さんみ》というから、宮中《きゅうちゅう》でもそうとう位《くらい》の高い公卿《くぎょう》である。豊日は官位さえ賜《たま》わっているのか定かではない。なのに言葉遣《づか》いだけ聞けば弘兼《ひろかね》の方がへりくだっている。

「わしに会いに来たのではなかろ。火垂苑《ほたるえん》に忍ばせた手の者から、知らせがあったのじゃろ」

「はて、手の者とは」

伊月《いつき》からは弘兼のはっきりした表情まではよく見えないが、その口調《くちよう》から、にやにや笑いを浮かべているのがわかった。

「娘御《むすめご》の競争相手にちょっかいをかけるのは弓削《ゆげ》の家伝《かでん》か？」

「もののふの家ならいざ知らず。この弘兼、そのような荒法《あらほう》はとんと憶《おぼ》えがございませぬ」

なにを話しているのだろう、この二人は。

——火垂苑に弓削の手の者が忍び込んだ？

「ねえ、ねえ、伊月姉《ね》ぇも独楽やろうよ」

「昔みたいに紐《ひも》の上で回してみせて」

童女《どうじょ》達が裾《すそ》を引っぱってせがむが、伊月は、豊日《とよひ》と弓削弘兼の舌戦《ぜっせん》にじっと耳をそばだてる。

「昨晩、火垂苑に鼠《ねずみ》がわいたと聞いたが」

「豊日殿は一晩こちらの組詰《くみづ》め屋にいらっしゃったのでしょう。なにゆえこのような朝早くから、禁中《きんちゆう》での騒ぎをご存じなのでございますか」

「お前様こそ、わしがここで夜を明かしたとなぜ知っておる」

「ほ、火護衆《ひもりしゆう》の方々の顔でわかりますぞ。昨晩の愉《たの》しい酒がまだ残っていると見える。これほどきこしめされるのは豊日殿がいらっしたときより他にありますまい」

「慧眼《けいがん》じゃの」

豊日は椀《わん》の中身を一気にあおった。

「伊月、常和《ときわ》。こっちへまいれ」

「え」

いきなり呼ばれ、伊月はたじろぐ。

「ああ、豊さまが呼んでる。みんな後でね」

常和は遊び道具を童女達に預けると、ぺたぺたと大部屋に上がった。伊月もあわててその後を追う。

「このちっこい方が長谷部《はせべ》の常和。そっちの無愛想《ぶあいそう》な方が伊月じゃ」

弘兼にそう紹介した後、豊日は二人に膝《ひざ》を向け、声を落とした。

「鼠の大将が、手下の取り逃がした獲物《えもの》を見に来たそうじゃ。挨拶《あいさつ》せい」

常和はぴょこんと頭を下げた。伊月も軽く会釈《えしゃく》する。

弓削弘兼の視線が、なめ回すように伊月の頭から膝までたっぷりと時間をかけて注《そそ》がれた。

そのとき伊月が思い出したのは、母を喰らった赫舐《あかな》の、炎《ほのお》を映してぎらつく大きな眼球だった。餌《えさ》を前に喜びに打ち震える獣《けもの》の眼《め》。

弘兼の薄い唇が歪《ゆが》む。

「豊日《とよひ》殿のおっしゃる鼠《ねずみ》のなんとやらがどこぞにおったとして」

伊月《いつき》から視線を外さず、弘兼《ひろかね》は言った。

「取り逃がしたことはもう気にもかけておらぬでしょうな」

「ほう」

「火督寮正護役《かとくりょうせいごやく》は天意にて紡《つむ》ぐもの。楼《ろう》を賜《たまわ》る家格《かかく》というものがある。山出《やまだ》しの猿の出る幕ではございませぬ」

変わらず、弘兼は伊月を見ている。

「そういうが弓削《ゆげ》の。当代の正護役は山村の娘じゃというぞ。右大臣《うだいじん》殿が占事師《せんじし》をかき集めて探し当てたと。三代、四代前も養女《ようじょ》じゃ」

豊日の声は面白がっている。伊月にはそれがわかった。

「そのときはたまさか、弓削の家に火の優《まさ》った女子《おなご》が生まれておらなんだ。それだけのこと。それが証拠《しょうこ》に、火目《ひめ》の力も弱く、都も荒れてございましょう」

ようやく弘兼は豊日に向き直った。

「はは。面白いな弓削の。お前様と話しているといつも、灼《や》けた化生《けしょう》の骨を踏み潰《つぶ》しているときのあの気分が湧《わ》いてくる。佳乃《よしの》の火目式《しき》はたしかに見事じゃ。猿ではあれには勝てぬと言うか」

「帝《みかど》は必ずや佳乃をお選びくださりましょうな。あれは八つの時にはじめて弓を持たせた折、鳴箭《めいせん》を放って屋敷《やしき》の塀《へい》を崩しました」

伊月の背中が凍った。

——八歳《さい》で鳴箭が出せたのか。信じられない。

「弓削の最高傑作《けっさく》にございます」

——ひとを、自分の娘を、物みたいに言う。

「さて、それほど娘御《むすめご》に自信があるのなら、なぜ鼠を放ったのじゃろうな」

「わたくし鼠のなんとやらではありませぬゆえ、見当《けんとう》がつきませぬな」

「いつきちゃん、ねずみってなんのこと」

隣《となり》で常和《ときわ》が囁《ささや》いた。伊月は「しっ」ととがめた。

気づくと、弘兼のあの蜥蜴《とかげ》めいた眼《め》がまた伊月に向けられている。

「豊日殿が、焼け出された親無し児《ご》を、道楽《どうらく》で飼っておられるとは聞きましたが。御明《みあ》かしの真似《まね》事までさせるとはお戯《たわむ》れが過ぎるのではありませぬか」

伊月は膝《ひざ》の上の拳《こぶし》を固く握りしめた。

——飼ってる、だって？

「戯れの道楽か。手厳《てきび》しいのう」

「聞けば、火垂《ほたる》を賜《たまわ》ってから三年、未だに鳴箭を得ぬとか」

伊月は身を固くした。

弘兼《ひろかね》のねっとりした視線が、伊月《いつき》を乗り越えて庭に伸びる。背後から童女達《どうじょ》のじゃれあう嬌声《きょうせい》が聞こえる。

「かような猿小屋《さるごや》育ちでは火の降りぬも道理《どうり》。豊日殿《とよひ》も、弓を教える前に木登りでも教えたがようございましょう」

「もういっぺん言ってみろ」

椀《わん》が音を立てて床に転がった。

弘兼の後ろに控えていた小姓《こしょう》が二人とも腰を浮かせる。伊月が椀を蹴《け》り飛ばすほどの勢いで弘兼に詰め寄ったせいだ。

「やめんか、相手は大納言《だいなごん》さまだぞ！」

火護衆《ひもりしゅう》のだれかが小声で言うが、伊月は無視し、弘兼ののっぺりした額《ひたい》を上からにらみつける。

弘兼はまったく伊月など目に入っていないといった様子《ようす》で、眉ひとつ動かさず庭に目をやったままだ。その冷静さが伊月の怒りに油を注《そそ》ぐ。

「朝から元気がよいのう、伊月」

背後から豊日ののんびりした声がかかる。

——なんで平気でいられるんだ。

伊月は振り返り、怒気《どき》のこもった視線を豊日に向けた。

「やってみせたらどうじゃ」

「……え？」

「弘兼殿の鼠《ねずみ》は見聞《けんぶん》が古いようじゃ。お前様の鳴箭《めいせん》を知らぬとはの」

「お戯《たわむ》れを、豊日殿」

弘兼の粘着質《ねんちゃくしつ》な声。

「猿に火は扱えませぬ。天地が分かれた折より決まっておること」

伊月はぎりり、と奥歯《おくば》を嚙《か》みしめ、それから肩を落とし、低い声を吐き出す。

「できないよ。弓もないし」

「佳乃《よしの》は矢無しで鳴箭を射たではないか。ならば弓無しでもできよう」

――なんて無茶《むちゃ》を。

「どのみち、今のわたしには……」

「このわしが、大丈夫じゃと昨晩《さくばん》言わなんだか」

「なんであなたにそんなことが言えるんだ」

「わしはお前様の鳴箭をこの目で視《み》て、この耳で聴いたぞ」

「でも、あれはちがう」

「なにが」

「常和《ときわ》や佳乃の音とはまるで――」

伊月《いつき》ははっとして口をつぐんだ。

――ちがう。

――常和や佳乃とは、ち、が、う、。


そのとき、唐突《とうとつ》に鐘《かね》の音が鳴り響《ひび》いた。


平手でも叩《たた》いたのか、弱々しくくぐもった音だったが、たしかに火護《ひもり》の鐘《かね》だ。

続いて年若い斧衆《よきしゅう》の怒声《どせい》が聞こえる。

「こらあっ、櫓《やぐら》に勝手に登るなっていつも言ってるだろおっ」

「きゃあ見つかったっ」

童女《どうじょ》の声。

火《ひ》の見《み》櫓に登ってだれかが鐘をいたずらしたらしい。斧衆がさらになにかをがなり立てるが、伊月はもはやそれを聞いていなかった。

脇腹《わきばら》から熱がおこり、ざわざわと胸、背中を這《は》いのぼり、首筋《くびすじ》から頭に抜ける。

火目式《ひめしき》が猛《たけ》っている。

震える自分の両の手のひらを見下ろし、それから豊日《とよひ》の顔を見た。

童子《どうじ》は微笑《ほほえ》み、庭を指さす。

伊月は大部屋を横切って庭に出た。童女も、伊月の雰囲気《ふんいき》に圧《お》されたのか、みなおびえた顔で脇にどく。

裸足《はだし》で土の上に立ち、向こう正面の塀《へい》に向かって弓手《ゆんで》を構える。手の内には、この数年毎日握ってきた弓の感触《かんしょく》がたしかにある。

そこにあるはずのない弓弦《ゆづる》を、引き詰めた。

空気が灼《や》け、ちりちりと音を立てる。

赤くぼんやりした光の筋が、突き出した左手とあごに当てた右手との間に渡され、脈打ちながらも次第に輝きを強めていく。

——来た。

矢が離れた刹那《せつな》、伊月は気を失った。

深い深い水の中に投げ込まれたような感覚の中で、体中の熱が指先からほとばしり、闇《やみ》の中に吸い込まれていく。

それはほんの一瞬のことだった。

伊月の意識は、鐘の音によって引き戻された。

鐘が鳴り続けている。

火護《ひもり》の鐘《かね》だ。夜に鳴らされる間を置いた響《ひび》きではない。無数の、数十数百の鐘が、絶え間なく打ち鳴らされ、いんいんと混ざり合い弾《はじ》き合いながら大気をわななかせている。

自分が立っているのか倒れているのかもよくわからない。ただ、脇腹《わきばら》に打ち込まれた火目式《ひめしき》の五つの熱だけが確かなものとして感じられる。

やがて、視覚が戻ってくる。

伊月《いつき》の胸元から、庭を横切り、あちらの塀《へい》にまで、赤い光の筋がくっきりと伸びている。それは低い鐘の群響《ぐんきょう》に呑み込まれるようにして、じわりじわりと薄れていく。

伊月の全身に張りつめていた力も、湯《ゆ》浴みの水が流れ落ちていくように、地面にしみこんで消えていく。

——これか。

——これが、わたしの音か。

弓場殿《ゆばどの》で矢を何本も塵《ちり》にしながら、幾度《いくど》となく聞いた音。たしかにこの鐘の音だった。あまりに濁《にご》っていて、気づかなかっただけだ。

ふと、塀の外がやかましくなった。大勢が集まっているのか、ごちゃごちゃと話し声が聞こえる。

「豊日《とよひ》さま、外に町の者が」

声が聞こえ、伊月ははっとして振り向いた。お琴《こと》が大部屋に駆け込んでくるところだった。

「今の鐘さ、なんだげ、て。化生《けしよう》が出たんかなて」

「むう。今行く。わしが皆《みな》に説明する」

豊日も急いで立ち上がった。

戸に向かおうとして、思い出したように鉾衆《ほこしゆう》の束頭役《つかがしらやく》達に言う。

「そうそう、弘兼《ひろかね》殿がお帰りになるそうじゃ。見送ってさしあげよ」

その言葉で弘兼はすっと立ち上がる。表情は平静だが、細い目がいっそう細められているように伊月には見えた。

「猿の座輿《ざきよう》は気に召したかの」

「なかなかよい芥子湯《からしゆ》にござりました」

言葉にも、先刻まではなかった棘《とげ》がある。

庭の隅《すみ》に避難《ひなん》していた童女《どうじよ》達が戻ってきて伊月にまとわりつく。

「伊月姉《ね》ぇ、すごかったあ」

「あれ、どうやるの？　どうやるの？」

「お宮《みや》に入ったら、あたしにもできるようになる？」

伊月ははしゃぎ回る童女達の頭をなでながら、常和《ときわ》の方をちらと見た。視線が合い、常和は心底嬉《うれ》しそうに笑った。

「伊月さん！　常和さん！　いらっしゃるのですか！」

聞き慣れた声が門の方から聞こえてきたのは、そのときだった。

伊月《いつき》と常和《ときわ》は顔を見合わせた。

——まさか？

足音が響《ひび》き、大部屋の戸が開け放たれた。

伊月の目も、常和の目も、今まさに部屋を出ようとしていた豊日《とよひ》の目も、弓削弘兼《ゆげのひろかね》の目も——戸の外に杖《つえ》を手にして立っている、巫女装束《みこしょうぞく》姿に注《そそ》がれる。

「伊月さん、ご無事なのですか！」

「よ……佳乃《よしの》？」

伊月の声に気づいたのか、佳乃は戸の前に立っていた豊日を押しのけてこちらに駆けてくる。

「おい、危な……」

庭に下りようとしたところで佳乃が縁台《えんだい》から足を踏み外した。

「つきゃあっ」

すんでのところで、駆け寄った伊月がそれを受け止める。佳乃の細腕《ほそうで》が首に強くからみついてきた。

「伊月さん、よかった、ご無事で」

佳乃は伊月の胸に額《ひたい》をこすりつけてくる。

「おまえ、まさか火垂苑《ほたるえん》から歩いて……」

「探しましたの、伊月さんも常和さんもいらっしゃらないし、宮中《きゅうちゅう》どこを探しても、わ、わたくし、もう、どうしようかと……」

ここまで取り乱した佳乃を、伊月ははじめて見た。

思わず、その後ろ髪をなでてしまう。

「見苦しいな、佳乃」

ねっとりした声が響《ひび》く。

伊月の腕の中で、佳乃が身を固くするのがわかった。

弓削弘兼が、冬の日溜《ひだ》まりにうずくまる蜥蜴《とかげ》のような細い目でこちらを見ていた。

「弓削に生まれ育った者が、そのように取り乱すとは。嘆《なげ》かわしい」

「お……」

佳乃は弘兼の声がした方へと首をねじった。その身体《からだ》が、伊月にもそれとわかるくらいぶるぶる震え出す。

「……お、お父様《とう》。なぜ、ここに……いえ、そう、そうなのですね。やはり」

佳乃のつぶやきはうわごとのようだ。

弘兼はそんな佳乃を見て鼻を鳴らすと、豊日に向き直る。

「豊日殿。御明《みあ》かしがそろって内裏《だいり》を抜け出すとは、不行き届ききわまりない。宮外《きゅうがい》に知れたらなんとします」

「なに、季節はずれの花見じゃと思え」

「ふん」

もう一度、あの視線が佳乃《よしの》に注《そそ》がれる。

それから、伊月《いつき》の顔をなめるように見て、かすかに笑う。

豊日《とよひ》に一礼すると、弘兼《ひろかね》は二人の小姓《こしょう》を連れて部屋を出ていった。

足音が屋敷《やしき》の外の喧噪《けんそう》に埋もれてしまっても、まだ佳乃の震えは止まらなかった。

「佳乃ちゃん、だいじょぶ？　顔が真っ青」

常和《ときわ》が佳乃の足に抱きついてくる。

佳乃は答えない。弘兼が出ていった戸口を、開かぬ眼《め》でじっとにらんでいるのが伊月にはわかった。

「佳乃、なにか……あったの？」

「……賊《ぞく》、が」

——賊？

「ならず者が、火垂苑《ほたるえん》に。昨夜遅くです。わたくし、それで、ああ」

佳乃の細腕《ほそうで》が、そばにいた常和の頭もかき寄せた。

「お二人とも、ご無事で……よかった」

「うちも、抱っこ抱っこ」

常和も、佳乃と伊月の間に潜《もぐ》り込むようなかっこうで抱きつく。

伊月は佳乃の肩越しに、豊日をにらんだ。

——鼠《ねずみ》。このことか。

「すぐ火垂苑に戻るぞ。支度《したく》せい」

言い捨てて、豊日は足早に部屋を出ていった。

＊

火垂苑に戻ったのは昼前だった。

「戻られました、戻られましたわっ」

門のすぐ外で最初に顔を合わせた女官《にょかん》が血相《けっそう》を変えて中に引っ込む。ばたばたとあわただしい足音が集まり、門に入ってすぐのところで七、八人もの女官に取り囲まれてしまった。

「豊日殿っ、勝手な振る舞い、今日という今日は許しませぬよっ」

年長の女官は眉《まゆ》を吊《つ》り上げて言う。

「大事《だいじ》なかったからいいではないか」

童子《どうじ》はしれっと返す。

「大事ございました！　賊《ぞく》が這入《はい》ったのですよ！」

「伊月《いつき》様も常和《ときわ》様もいらっしゃらず、それればかりか、佳乃《よしの》様まで、あ、ああ、ううん」

きんきん声を張り上げた若い女官《にょかん》の顔から血の気が引き、後ろの女官の腕に倒れ込んでしまう。

「行く先もおっしゃらずに苑外《えんがい》に連れ出されるなんて、なにをお考えですか！」

「行く先まで書いたら連れ戻しに来るではないか」

「当たり前ですっ！」

女官は声を張り上げた。伊月は首をすくめて、嵐《あらし》が通り過ぎるのを待つ。

「佳乃様も佳乃様です、その御目《おめ》でひとりで出歩かれるなんて……」

「まって」

伊月の背後から、常和が顔を出して言った。

「豊《とよ》さまも佳乃ちゃんも叱《しか》らないで」

「常和……さん？」

佳乃も驚いた顔で振り向く。

「うちのこと心配で、してくれたことだから、ね？　おしおきなら、うちにして」

「え、ええ、いえ、その」

女官は気まずそうな顔をして、咳払《せきばら》いでごまかす。

「仕置きなどと。とんでもございません。ただ、御明《みあ》かしである常和様に、佳乃様に、伊月様に、もしものことがあったらと思うと、わたくしどもは、もう……」

女官達の目が、打ち合わせでもしたかのように一斉《いっせい》に潤《うる》む。《い》組の詰《つ》め屋に飛び込んできた佳乃を思い出し、伊月はあわてて言った。

「ご、ごめん。わたしが悪かった。あのばかにほいほいついていったわたしが……」

そこで伊月の言葉は途絶《とだ》える。

全員の視線が、豊日に——否、豊日がいたはずの場所に集まる。

白装束《しろしょうぞく》の童子《どうじ》の姿は、消えていた。

「……逃げられましたね」

年長の女官があきれたようにつぶやく。

「まったく、いつもながらお見事な逃げ足ですこと」

伊月は言葉通り、開いた口がふさがらない。逃げたというよりまさしく消えた、である。皆《みな》の注意が常和に集まっている一瞬の隙《すき》に、豊日は姿をくらましたのだ。

「ともかく」

再び女官の咳払《せきばら》い。

「今後このようなことはなさらないでくださりませ。あなた様方は御明かし、御国《おくに》を護《まも》る大切なお体です」

「宮外《きゅうがい》に出られたのですから、念入《ねんい》りにお清めをしなくては」

そう女官《にょかん》に言われて、三人とも東殿裏手《ひがしどのうらて》の水場《みずば》に行かされて禊《みそ》ぎをした。白衣《びゃくえ》だけの格好《かっこう》になって三人で井戸を囲み、何度も何度も冷水を頭からかぶる。

「んんん。つめたい」

常和《ときわ》が濡《ぬ》れ猫のように頭をぶるぶる振りながら言う。

「なんだ、お湯かけられた方がいいのか」

伊月《いつき》は意地《いじ》悪くそう言ってみた。

「ひゃうっ」と常和は首をすくめる。

「あら、なんですの、お湯って?」

「あのね、豊《とよ》さまのおうちね、こーんなおっきな箱みたいなお湯がね、でも狭くてね、湯気《ゆげ》がもうもうでね、すっごい熱くて、いつきちゃんがばしゃばしゃで」

てんで要領《ようりょう》を得ない常和の口をふさぐと、伊月は組詰《くみづ》め屋の風呂《ふろ》の話を佳乃にしてやった。

「まあ、お湯をかぶるのですか。火傷《やけど》……しませんか?」

「だいじょうぶ、気持ちいいよ! 佳乃《よしの》ちゃんも今度いっしょに入ろうよ!」

「三人は狭くて入れないんじゃないのか」

「じゃあ、うちはお湯の中でいいよ」

「ばか」

佳乃が微笑《ほほえ》む。

「楽しそうですわね」

「ね、今度、豊さまに頼んで連れてってもらお？」

「いけませんわ、また火垂苑《ほたるえん》を抜け出したりしたら叱《しか》られるどころじゃ済みません」

「そっか、じゃあ、火目《ひめ》さまが代替わりしたら、みんな外に出てもよくなるよね？　そしたら三人で行こ」

伊月は、言葉を失って佳乃の顔を見た。ちょうど佳乃もこちらに顔を向けたところだった。困惑《こんわく》した表情が浮かんでいる。

火目が決まったら、三人のうちの一人はもう会えなくなる。常和にはそれがわかっていないのだろうか。

「ね、きっと佳乃ちゃんもあのお風呂気に入るよ」

「そう。そうですわね。いつか、暇《ひま》ができましたら、きっと三人で行ってみましょう」

答える佳乃の顔には、不気味《ぶきみ》なくらいにこやかな笑みが浮かんでいる。伊月はなぜだかひどく不安を覚えた。

「佳乃ちゃん、背中拭《ふ》きっこしよ？」

半裸《はんら》の常和が佳乃の背中に抱きつく。佳乃は困ったようなはにかみ顔で常和の背中に布を回す。

「あら？」

佳乃《よしの》の手が常和《ときわ》の背中から肩、胸をなで回す。細い指が、引きつった火傷《やけど》の痕《あと》をたどる。

「んんん。くすぐったいよ」

「お肌《はだ》がかぶれていますわ。虫さされかしら……」

火傷の線をたどっていた指が、火目式《ひめしき》の星の上で止まる。佳乃の顔がこわばるのがわかった。

「火目式の……追い焼き？　まさか」

火傷の痕が紋様《もんよう》になっていることに気づいたのだ。伊月はなにか言葉をかけようとしたが、なんと言っていいのかわからない。

「長谷部《はせべ》の家で焼かれたのですか？」

「……うん」

常和は目を伏せ、うつむいた。

「なんてことを」

佳乃の白い顔がなお青ざめる。

「ちゃんと、水でよう く冷やしてからだったから、……あんまり痛くなかったよ」

「そんな問題じゃないでしょう」

佳乃の語気が強くなった。震える腕で、半裸《はんら》の常和を背中から抱きすくめる。

「なんとも思わないのですか。こんな、こんなことまでされて、それでも火目を目指すなんて」

伊月《いつき》は脇腹《わきばら》に激しい熱の塊《かたまり》を感じた。思わずうめき声を漏らし、身を二つに折ってうずくまる。火目式が高ぶっている。どす黒く、ざらりとした佳乃の怒りの感情が流れ込んでくる。

「……よし、の。やめ……」

「わたくしなら、絶対に赦《ゆる》さない」

佳乃の黒髪《くろかみ》が震えている。

「赦さない。赦さない。あの男を、決して赦さない」

——あの男？

「わたくし達は、道具ではありませんわ。こんな、こんなことは、赦されるはずがない」

佳乃の指が常和の二の腕や脇腹に深く食い込み、指先から血の気が引いて真っ白になるのが見える。

「佳乃ちゃん、痛い、よ」

常和が身をよじった。伊月は思い切って、佳乃に近づくと、蒼白《そうはく》な頬《ほお》に平手打《ひらてう》ちを入れた。

「——ッは」

佳乃が顔を上げ、息を吐いた。とたんに全身が脱力《だつりよく》し、常和に覆《おお》いかぶさるようにして倒れそうになる。伊月はあわてて、二人まとめて抱え起こした。

「佳乃、気でも違ったか。なんだよ一体」

伊月の腕の中で、佳乃の細い身体《からだ》はまだ震えている。佳乃のあごに指をそえて、顔を持ち上げさせた。目の前に、開くことのない両のまぶた。伊月《いつき》はその目頭《めがしら》と目尻《めじり》に、かすかな皮膚《ひふ》の引きつりを見いだした。

かぶれ……火傷《やけど》の痕《あと》……？

常和《ときわ》の胸の火傷。佳乃《よしの》の激昂《げっこう》。

伊月ははっとそれに思い至る。

「おまえ、まさか、眼《め》を……だれかに」

「放してください」

佳乃の腕が伊月を突き飛ばした。足下の手桶《ておけ》につまずいて、転びそうになり、井戸《いど》の柱に手をついてこらえる。

佳乃は水を含んだ髪と白衣《びゃくえ》もそのままに、東殿《ひがしどの》の方に歩き去ろうとしていた。その後ろ姿は、墨で濡《ぬ》れた紙片が風になぶられて漂っていく様《さま》を思わせた。呼び止めようとした伊月は二、三歩踏み出したところで足を止め、言葉を失う。

――言葉をかけたら、灰になって崩れてしまいそうだ。

佳乃が建物の陰に消えてからも、しばらく伊月は立ちつくしていた。常和が腰にしがみついていたのにも気づかなかった。

「佳乃ちゃん、怖かった」

常和がつぶやき、腰に腕を回して抱きついてくる。伊月はほとんど無意識に常和の頭を引き寄せた。脇腹《わきばら》の火目《ひめ》式《しき》はすっかり熱を失っている。今は濡《ぬ》れた白衣の感触《かんしょく》がただ気持ち悪いだけだ。

——佳乃。

——あんなに、むき出しにするなんて。

不意の風が濡れそぼった身体《からだ》をなで、伊月は身を震わせた。髪と身体を拭《ふ》いた後も、まだ悪《お》寒《かん》が止まらなかった。

＊

その夜、火垂苑《ほたるえん》の裏手《うらて》から二つの奇妙《きみよう》なものが見つかった。

ひとつは、ほとんど骨しか残っていない無惨《むざん》な焼死体。

もうひとつは、黒く焼けた一本の腕であった。

四　火摺り巡り

六日後の夜。

稽古《けいこ》を終えた後の、弓場殿《ゆばどの》でのことである。常和《ときわ》は夕の奉射《ほうしゃ》に出ていて、伊月《いつき》と佳乃《よしの》の二人だけだった。風の強い夜で、火垂苑《ほたるえん》を囲む竹林はざあざあと鳴き、矢道《やみち》の庭を照らす篝火《かがりび》も揺れていた。

烽火楼《ほうかろう》の異常に最初に気づいたのは、佳乃だった。

「櫓《やぐら》の火が……消えかけていますわ」

開かない目を夜空に向け、ぽつりとつぶやく。

弓弦《ゆづる》を弦巻《つるまき》に戻す手を止めて、伊月も内裏《だいり》の中心——烽火楼の黒々とした影を仰いだ。

たしかに、その頂《いただき》に燃える青い火がさかんによじれ、明滅《めいめつ》している。

「……まずいんじゃないのか、あれ」

「当代の力が尽きかけているのです。いつかはこうなります」

佳乃の声は沈みきっている。

「じゃあ、もうすぐ」

「はい」

帝《みかど》が次の火目《ひめ》を選ぶ日が、近いということだ。

——もっと先のことだと思ってた。

しかし伊月が火垂苑に来てからもう三年である。その上、近頃《ちかごろ》は化生《けしょう》の出現が頻発《ひんぱつ》しており、三日にあげず鳴箭《めいせん》、灼箭《しゃくせん》が飛んでいた。当代正護役《せいごやく》も限界なのだろう。

「でも佳乃、見えないのによくわかるな」

「なんとなくわかります。烽火楼から、こう、押し寄せてくるものが弱くなっているので」

「押し寄せ……？」

そんなものを感じたことはなかった。

見えぬからか、それとも佳乃が力ある御明《みあ》かしだからなのか。

「昔から烽火楼ばかり見て過ごしてきましたから」

「生まれつきじゃ、なかったんだ」

訊《き》いてから、伊月ははっと口に手を当てる。無意識に、佳乃の眼《め》の話を持ち出してしまっていた。

伊月と常和が《い》組の詰め屋から戻ったあの日。水場《みずば》で見せた佳乃のただならぬ様子《ようす》を思い出す。

――わたしの気のせい、だろうか。

あれから佳乃は、眼のことも、『あの男』のことについてもまったく口にしない。気詰まりで、伊月も今まで訊けなかったのだ。あの日以来、佳乃の様子《ようす》はどうにもおかしかった。時折《ときおり》物思いに沈んだり、急に饒舌《じょうぜつ》になったりする。

「見えぬようになったのは七つのときです。ですから、当代が登楼《とうろう》されるときの燻浄《くんじょう》の儀《ぎ》もこの目で見ましたわ」

伊月《いつき》の疑念《ぎねん》をよそに、佳乃《よしの》は変わらぬ口調《くちょう》で答える。

「くんじょうのぎ？」

「ええ。火目《ひめ》が代替わりするときに、山ほどの青草を焚《た》いて烽火楼《ほうかろう》を清めるのです。灰色の煙の柱が、櫓《やぐら》よりなお高く立ちのぼって、遠く京外《けいがい》の村からも見えるそうですよ。わたくしも弓《ゆ》削《げ》の屋敷《やしき》から見ました」

「へえ」

「あれは、ほんとうに……哀《かな》しい、光景でした」

「哀しい？」

佳乃は空を見上げるのをやめ、伊月に顔を向けて弱々しく微笑《ほほえ》んだ。

「火目は哀しい方です。そう思いません？」

「……どうして」

「国の護《まも》りをたった一人で背負わされて、何年もの間、孤独で」

そう言われて伊月は、しばらく黙り込んだ。烽火楼の頂《いただき》で、正護役《せいごやく》がどんな思いをしているかなんて、考えたこともなかった。

「……だれかが、やらなくちゃいけないことだろ」

「ええ。みなそう言うでしょうね。だれも疑いもしない。愚《おろ》かです。この国の者はみな愚かです」

——佳乃？　なにを言っている？

「伊月さんとも、もうすぐお別れなのでしょうか」

伊月はなんと返せばいいのかわからず、再び黙る。

「目の薬の時間ですので、わたくしはこれで」

「ああ……うん」

佳乃は弓場殿《ゆばどの》を出ていった。

——お別れ、か。

——わたしが火目になったら、佳乃とも常和《ときわ》ともさよならだったな。

もし伊月が選ばれなくとも、どちらかとはもう会えないのだ。どうかすると常和のように忘れてしまいそうになる。

ふと気配を感じて振り向くと、矢道の庭の暗闇《くらやみ》をひたひたとこちらに歩み寄ってくる白い人《ひと》影《かげ》があった。

「気づかれたか。聡《さと》くなったの」

豊日《とよひ》であった。

「わたしだって、そういつまでも驚かされっぱなしじゃないぞ。それより……」

灯りのある射場《いば》に上がってくると、豊日の白装束《しろしょうぞく》がまたも煤《すす》でよごれているばかりならず、太刀《たち》を佩《は》き、長い髪を火護衆《ひもりしゅう》の証《あかし》である紅《あか》の紐《ひも》で結わえているのが見てとれる。

「狩りからそのまま来たのか」

「うむ。さすがに五日夜通しは老体《ろうたい》には厳《きび》しい」

射場《いば》の床にぺたりと腰を下ろし、大の字に寝転《ねころ》がった。太刀がものものしい音を立てる。

「組詰《くみづ》め屋で寝ればいいじゃないか」

「お前様と話が済んだらそうするつもりじゃったがの。佳乃《よしの》がおったので隠《かく》れておったら、くたびれて帰る気も失《う》せた。ここで寝かせてくれ」

「ばか。風邪《かぜ》引くぞ」

伊月《いつき》は言ってから、佳乃の出ていった木戸をちらと見る。

「佳乃に聞かれたくない話?」

「うむ。あの屍《しかばね》の身元がわかった」

伊月と常和《ときわ》が《い》組の詰め屋から戻った日に火垂苑《ほたるえん》の裏で発見された、焼死体と腕のことだ。

「やっぱり賊《ぞく》のものだったのか」

「二人組だったと女官《にょかん》も言っておるしの。間違いなかろ。それとあの日。日の出前、弓削《ゆげ》の屋敷《しき》に、片腕をもがれ大やけどを負った半死半生《はんししょう》の男が入ったそうじゃ」

豊日《とよひ》は天井をにらみ、低い声で言う。

「――佳乃の親父《おやじ》は、なにするつもりだったんだろう」

「さて。もうかれこれ三十年も前じゃが、弓削の娘が御明《みあ》かしとしてここに来た折、もうひとり有力な御明かしがおっての。鈴虫の声のような鳴箭《めいせん》を射る美しい娘じゃった。こう、髪が黒《くろ》蜜《みつ》のようで、色白で、まなじりも艶《つや》っぽく……」

「いいから。そのひとがどうしたんだ」

「朝の奉射《ほうしゃ》のとき、くせ者に辱《はずかし》められた」

伊月は絶句《ぜっく》する。

「その娘は家に戻った。その後どうなったか、わしも知らん。そして弓削の御明かしが登楼《とうろう》した」

「……なにか、証拠《しょうこ》はなかったのか」

「弓削はそれほど間抜けではない。そのときの当主は弘兼《ひろかね》の父親じゃったが、あれは息子《むすこ》よりもう一回り食わせ者での。あそことはあまり事を構えたくないし、わしも陰でこそこそやるよりない」

　ふと伊月は思い至り、それを口にする。

「まさか、あなたが、賊を……殺《や》ったのか」

　豊日はむくりと上半身を起こした。眉間《みけん》にしわを寄せ、首を横に振る。

「そこじゃ。それだけがわからん。だれが殺ったのか。弘兼がわざわざ組詰め屋まで出しゃばってきたときは妙《みょう》だと思ったものじゃが、彼奴《きゃつ》もまさか手の者が殺されるとは思っていなかったのじゃろ。面食らって、直々《じきじき》にわしに探りを入れに来たか、あるいは、わしが殺《や》ったと決めつけて喧嘩《けんか》を売りに来たのか……」

豊日《とよひ》の言葉の後半は独り言のようになり、視線は床に落ち、声は聞き取れないほど小さくなってしまう。

──なにかおぞましいことが、裏で渦巻《うずま》いている。

伊月《いつき》は身震いした。

そもそも、骨になるまで灼《や》き殺したというのが尋常《じんじょう》ではない。

一体だれが。

「それに、あの殺し方はのう。まるで」

豊日は言葉を濁《にご》す。

死体を直接見た伊月には、その言いたいことがわかった。

まるで──

化生《けしょう》にやられたようだ。

もちろん、化生であるはずがない。化生が出たのであれば鳴箭《めいせん》が飛ぶ。

太刀《たち》をがちゃつかせて、豊日は立ち上がった。

「ともかく用心せい」

「《い》組から火摺《ひす》り巡りの報《しら》せが届いたであろ」

「あ……うん」

「昨日、来たけど」

火摺り巡りとは、火護衆《ひもりしゅう》が火目式《ひめしき》を持つ娘を探すために都の近隣《きんりん》の村を回る行事である。御《み》明《あ》かしが随伴《ずいはん》することが慣例となっている。

「佳乃《よしの》は目があれじゃから行けぬ。またお前様と常和《ときわ》の二人になる。わしは今夜また東国《とうごく》に行かねばならぬから、この間のように世話は焼けぬ。用心せい」

「今夜？　帰ってきたばかりじゃないか」

「このところ化生が雨後《うご》の蚯蚓《みみず》のようにわいてきよる」

豊日は弱々しく笑った。

「火目の力が弱っているから、かの。お前様をからかって遊ぶひまもない」

「ばか」

豊日は庭に降りると、太刀先をくゆらせながら、また闇《やみ》の中へと歩き出す。

「……豊日殿」

思わず伊月は呼び止めていた。

童子《どうじ》の小さな背中がゆっくりと振り向く。髪紐《かみひも》の紅《あか》が暗闇《くらやみ》の中に優美な曲線を描く。

「……無理は、しないで」

豊日《とよひ》は笑ったが、なにも答えず、伊月《いつき》に背を向けて歩き去った。

弓や諸々《もろもろ》の道具を倉庫にしまうと、伊月はため息をついた。

——なんだろう、ひどく不安だ。

灼《や》き殺されたのも姦《おか》されたのも伊月ではない。すべて伝聞《でんぶん》で知ったことだ。伊月が体験したことだけを抜き出してみれば、懐《なつ》かしい組詰《くみづ》め屋に一日だけ泊まり、お琴《こと》の作った飯を食べ、童女《どうじょ》達と遊び、おまけに鳴箭《めいせん》の口火まで見つけて、無事帰ってきただけなのだ。

——いや、あいつに会ったか。

弓削弘兼《ゆげのひろかね》。

不気味《ぶきみ》なほど色白の瓜実顔《うりざねがお》が浮かぶ。

それから、佳乃《よしの》のこと。

あのときの不吉《ふきつ》な感触《かんしょく》を思い出しながら、弓場殿《ゆばどの》を出ようと木戸を引いた。

戸のすぐ外に佳乃の顔があった。

「わ」

不覚にも伊月はそんな声を漏らしてしまった。戸を開けようと手を伸ばしたところだったらしい佳乃は、びくっと肩を震わせてその手を引っ込めた。

「佳乃。い、いつ——」

いつからいたんだ、と訊《き》こうとして伊月は口ごもる。そんなことを訊いたらまるで後ろ暗いことがあるみたいだ。

「……どうしたんだ。忘れ物？」

「え、ええ、……匂《にお》い袋を。ありませんでしたか？」

振り向いて弓場殿を見回す。

「ないよ」

「そう、そうですか。思い違いですね、きっと」

あっさり言うと、踵《きびす》を返して、東の対屋《たいのや》へ続く廊下を歩き出す。

――佳乃には豊日の話、聞こえていただろうか。

豊日が話を始めたのは佳乃が出ていってだいぶたってからだ。忘れ物に気づいたのはきっと、閨《ねや》に戻ってからだろう。だとしたら聞かれていないはずだ。

そこまで考えて、伊月は佳乃の地獄耳《じごくみみ》を思い出す。

――苑《えん》の外の弦音《つるおと》さえ聞き分けるのだ。隣《となり》の棟《むね》の話し声を聞くくらい造作《ぞうさ》もないことかもしれない。

――いや、そもそも、忘れ物というのが嘘《うそ》か。

――豊日の気配にはとっくに気づいていて……

「どうなさいました？」

佳乃が立ち止まり、首だけこちらに向けて問う。

「ううん。……なんでもない」

伊月《いつき》は頭をぶんぶん振って不穏《ふおん》な考えを追い払った。

「ちゃんと、聞こえていましたわ」

佳乃《よしの》の言葉に、伊月は凍りつく。

「そう。あのもう一人の方……屋敷《やしき》までたどり着けましたのね」

目を閉じたままの佳乃の表情は暗がりに溶けていて、よくわからない。

「もっとしっかり灼《や》いて差し上げればよかったかしら」

戦慄《せんりつ》した。

伊月がなにか言いかけると、佳乃はさっと廊下の角の向こうに姿を消した。


「火《ひ》摺《す》り巡りって、なに？」

芋《いも》を頰張《ほおば》りながら常和《ときわ》が伊月に訊《たず》ねた。

「常和さま、口にものを入れながら喋《しゃべ》るのははしたないことですよ」

給仕の女官《にょかん》がたしなめる。

夕餉《ゆうげ》の席である。常和は伊月の隣《となり》に、佳乃は正面に座っている。膳《ぜん》には川魚や干《ほ》し芋や旬《しゅん》の山菜が並んでいたが、伊月は食欲がなかった。つい先ほどの佳乃の言葉が何度も何度も頭の中

で回っている。

——聞き違いだったのだろうか。

そう思いたい。

佳乃《よしの》の顔を見るのが気詰まりで、顔をあげることもできない。

「《い》組と一緒ってことは、あの子たちとまた遊べるの？」

常和《ときわ》が目を輝かせて付け加える。組詰《くみつ》め屋で童女《どうじょ》達と遊んだのがよほど楽しかったらしい。

伊月《いつき》はため息をついた。

——こいつは不安とは無縁《むえん》なんだな。うらやましい。

「遊びに行くんじゃないぞ。火目式《ひめしき》を持った娘を探しに行くんだ。子供なんて連れてくわけないだろ」

「なんだ、つまんないの」

「急な話ですわね」

佳乃がぽつりと言う。

「急に当代の力が衰《おとろ》えたので、火督寮《かとくりよう》も天文省《てんもんしよう》もあわてているのでしょうけれど」

——そうか、火目だけじゃなく、御明《みあ》かしも今から補充しないといけないんだ。

今さらのように伊月は気づく。

火目を稲穂《いなほ》、御明かしを苗《なえ》とすれば、火摺《ひす》り巡りは種籾《たねもみ》を仕込むことにあたる。火目の空位《くうい》は絶対に許されないだけに、二代先までをあらかじめ見据《みす》えておかねばならないのだ。

「でも、どうやって式《しき》持った子を見つけるの？　一軒《いっけん》一軒訊《き》いて回るの？」

「ばか。そんなことするか」

「常和さん。ご存じないのですか。占《うらな》いです」

「うらない？」

「長谷部《はせべ》の家も、常和さんをそうやって見つけたはずですよ」

「へえ、うち、占いで当たったんだあ」

まるで他人事《ひとごと》のように言う。

「ですから、御明かしを連れていくのです。火目式と火目式は引き合うといわれていますわ」

公家《くげ》が独自に行う占いでも火目式を持った娘は見つけられなくもない。事実、常和はそうして見いだされた。しかしやはり、御明かしの力を借りて行う火摺り巡りが最も確実である。

「じゃあ、式のある子は必ず見つかるんだ。みんな火垂苑《ほたるえん》に連れてくるの？　ここ、にぎやかになるね」

「いいえ。御明かしになれるほどの強い式を持つ人は、やはり稀《まれ》なのです。それに、親もあるのですから勝手に連れてくるわけにはいかないでしょう。火摺り巡りは御明かしを探すのとは別の目的もあるんですよ」

「へえ、なに？」

「──化生祓《けしようばら》いです」

その言葉に、伊月《いつき》は身を固くする。

──そうだ、あのとき。

──わたしが拾われたあのとき、豊日《とよひ》は火摺《ひす》り巡りに来ていたのだ。

──間に合わなかったのだ。

伊月《いつき》の耳に、佳乃《よしの》の声が虚《うつ》ろに響《ひび》く。

「……火目式《ひめしき》はまた、化生を呼び寄せるともいわれているのです。特に火目の代替わりが近いこの時期は化生が多く出ます。ですから、御明《みあ》かしになれぬほどの弱い火目式であれば、草虫潰《つぶ》しという薬で式を閉じて、化生を呼ばぬようにします」

「佳乃さま！」

女官《にょかん》が悲鳴に近い声をあげる。

「それ、それは忌《い》み事です。口にしてはなりませぬ」

「そう……そうでしたわね。忘れておりました。常和《ときわ》さん、今のことは忘れてください」

そう言う佳乃は白壁のように無表情だ。

「う、うん」

神妙《しんみよう》な顔で常和はうなずく。

気づくと伊月は自分のひざに指を強く強く食い込ませていた。腕がぶるぶると震えた。隣《となり》で常和がなにか言ったような気がしたが、耳に入らなかった。

——間に合わなかったのだ。

自分に言い聞かせる。

豊日がかつて何度も伊月に言い聞かせた言葉を、繰り返す。


夕餉《ゆうげ》を食べ終わり、伊月はすぐに稽古《けいこ》のために弓場殿《ゆばどの》に戻った。

「いつきちゃん？」

弓場殿の戸を引こうとしたところを、呼び止められた。振り向くと常和が、廊下の角から半分だけ身体《からだ》をのぞかせている。

「なに」

「えと。えと。……ごめんなさい」

「なんで常和が謝る」

「ええと。佳乃ちゃんに聞いたの。いつきちゃんの村のこと。変な話して……ごめんね？」

余計《よけい》なことを、と伊月は思う。

「気にするな。わたしのせいじゃないんだから、わたしも気にしてない」

そう伊月は嘘《うそ》をついた。

「——ただ、間に合わなかっただけだよ」

＊

おおふきがーあんだーみょーらー
やいといがーあんまーてんじょう
ふったーひらいてんじょう
もいしーがーせんげーしょんめつ……

樹々《きぎ》の間に、火摺《ひす》りの祭文《さいもん》が響《ひび》く。

唱《とな》えているのは総勢《そうぜい》二十数人からの火護衆《ひもりしゅう》の一団である。二列に並び、白い布をかぶせた鉾《ほこ》の先をそろえて天を突きながら、ゆるい勾配《こうばい》の山道を下っていく。

祭文の声に驚いたのか、山鳥《やまどり》が何羽かやかましく羽を散らしながら、梢《こずえ》から暗い夕空へと飛び去っていった。

伊月《いつき》の乗る馬は行列の最後尾《さいこうび》を歩いていた。

いつもの白衣《びゃくえ》に緋色袴《ひいろばかま》ではなく、両袖《りょうそで》が肩からばっさりと欠けた玻璃寄《はりよ》せと呼ばれる紺色《こんいろ》の装束《しょうぞく》を纏《まと》っている。矢筒《やづつ》は腰紐《こしひも》に直《じか》にくくりつけられている。たしかに弓は射やすいかもしれないが、五月とはいえ日が暮れてくると肌寒《はだざむ》い。

二本に分けて結った髪にはそれぞれ紅《あか》と紫《むらさき》の紐《ひも》が編み込まれ、この紐は髪先からさらに長く伸びていて、先には鉄環《かなわ》が三つずつ結びつけられている。紐は鞍《くら》の上からでもなお地面に届くほどの長さである。馬の歩みにつれて鉄環は引きずられ、しゃなり、しゃなりと音を立てる。

――草むらに引っかけたりしないだろうか。

一刻ほど前に山に入ったときから、それが気がかりだった。馬の後ろにも一人だけ若い斧衆《よき》がついてくれているのだが、鉄環が草の根に絡んだりしたら馬から落っこちるかもしれない。

ふと、隣《となり》の馬上の常和《ときわ》を横目で見た。山に入ってからなぜだか口を利かなくなってしまったのだ。

常和は蒼白《そうはく》な顔をしていた。背中をへこむほどに反らし、弓と手綱《たづな》を握る手には青筋《あおすじ》が立っている。

「どうしたんだ、大丈夫？」

そっと声をかけてみる。

常和はわずかに目だけを動かして伊月を見た。

「……お、し、……し」

泣きそうである。

「おし?」

「……お尻、が」

「尻がどうしたんだ」

「……痛いの。む、むけちゃいそう」

なにを言っているのかわかったとたん、伊月《いつき》は笑い出しそうになった。

「わ、笑い事じゃないよいつきちゃん!」

涙目《なみだめ》で常和《ときわ》は声をあげる。

「い、いや、ごめん」

答えながらも、口元を手で押さえ、くつくつと肩を揺らせて笑う。

「そうか、常和は馬乗るのはじめてなんだ」

「……こんなに揺れると思わなかった」

火摺《ひす》り巡りも二日目。平地を行く間は我慢していたのだろうか。山に入ってから道も悪くなった。

「い、いつきちゃん、よく平気だね」

「組詰《くみづ》め屋にいたころ、よく乗せてもらったから」

と、伊月の馬を引いていた鉾衆《ほこしゅう》が首だけ後ろに向けて言った。

「ありゃおまえが勝手に乗ったんだろが。なんべんも叱《しか》られてたくせに」

「うるさいなあ。いいじゃないか馬くらい」

伊月は口をとがらせる。

と、常和がまた黙り込んでしまっている。

頭の両側に重い紐《ひも》をつけているのであまり首を動かせないのだが、横目《よこめ》でもはっきりわかるほどに常和は憔悴《しょうすい》していた。

「東頭役《つかがしらやく》に言って、ちょっと休ませてもらうか？」

小声でそう言ってみる。

「ううん。大丈夫。がんばる」

涙声《なみだごえ》が返ってくる。

「罰が当たったのかな」

「なんの」

「だって、ほら、うち、あの……忌《い》み事って……」

「だから、それは口にしちゃだめなんだってば」

「ひゃうっ」

妙《みよう》な声を出したきり、常和は黙り込んだ。

やがて、祭文《さいもん》を唱《とな》える声に重たい水音が混じり始めた。

火摺りの行列は谷間を流れる川の岸に出た。かなり山深くまで来ていたらしく、荒削《あらけず》りの岩が川辺のそこかしこにうずくまっている。

一行《いっこう》は、急流に沿って川下へと進行方向を転じる。山の切れ目がちょうど重なり、正面にどろりと紅《あか》い落陽《らくよう》が現れた。

「常和《ときわ》」

伊月《いつき》は声をひそめて言った。

「なんで忌《い》み事なのか、わかるか」

「え？　えと。喋《しゃべ》ると罰が当たるんじゃないの？」

「ばか。そんなことあるか。火垂苑《ほたるえん》にいる者はみんな知ってるし、火護衆《ひもりしゅう》だって知ってる」

火護衆の掲げ持つ鉾《ほこ》の先の白布《しらぬの》が、夕陽の中で魚の群れのようにゆらり、ゆらりと泳いでいる。

「火目式《ひめしき》が化生《けしょう》を呼ぶ。このことが広まったら、どうなると思う」

少し間を置いてから、常和が息を呑む音が聞こえた。

「わたしや常和みたいな子は、たぶん、生まれてすぐに棄《す》てられるようになる」

「そ、そんなの」

「ないと思うか」

——喰った。

——あいつが、かかさまを喰った。

——あの蜥蜴《とかげ》が、家を焼いた。村も、林も、納屋《なや》も、社《やしろ》も、みんな焼いた。わたし以外、みんな。

「わたしが棄てられてれば、……かかさまは、死なずに済んだかもしれない」

「でも、でも」

「だから、火目式は崇《あが》められるんだ。崇めなきゃいけないんだ。わたしは火目になって、化生《けしょう》を、残らず、灼《や》き殺さなきゃいけないんだ。そうでないと、わたしは、わたしは……」

伊月の乗る馬が、ぶるる、と首をぐねらせた。どうやら無意識のうちにたてがみを強く引っぱっていたらしい。

はっとして手綱《たづな》を放してしまう。

「どう、どうどう」

馬を引いていた鉾衆が手早く馬をなだめた。

「なにやっとるんじゃ伊月」

手綱を拾ってくれる。

「……ごめん」

震える手で手綱を受け取った。

——なにをしてるんだ、わたしは。

——間に合わなかっただけだ。わかっているはずなのに。

常和《ときわ》の顔をそっとうかがう。

視線があったとたん、常和はさっと顔を正面に戻した。

――話さない方が、よかったかもしれない。

「……なんか、変だね」

常和がぽつりと言った。

「式が化生《けしよう》を呼び寄せて。式が化生を倒せて。……なんか、変」

「……そうだな」

おかしなからくりだ、と伊月《いつき》も思う。

おかしいというだけではなく、不気味《ぶきみ》で、皮肉《ひにく》だ。いっそ、化生を倒す力などなければよかったのだ。ただの呪《のろ》いであれば、伊月は生まれてすぐに山に棄《す》てられて獣《けもの》の餌《えさ》になっていただろう。村人達は平和に暮らしていたかもしれない。

伊月は頭を振って考えを追い払う。

と、祭文《さいもん》の声が突然途絶《とだ》えた。

行列が止まっている。鉾衆《ほこしゆう》、斧衆《よき》、みな振り向いて伊月を見ている。

――なんだ？

ようやく、気づいた。

ぎいいいいん、ぎいいいいいん、という金属音が聞こえる。巨大な鋸《のこぎり》で釣《つ》り鐘《がね》を切るような不快な音だ。

——後ろ？

伊月も振り向こうとするが、髪に編み込まれた紐《ひも》が邪魔《じゃま》をする。それで思い当たった。鳴っているのは紐の先の鉄環《かなわ》だ。

——近くに火目式《ひめしき》を持った娘がいるのか。いや……

昨日訪れた村で式を持つ女の子を見つけたときには、こんな不気味な音はしなかった。これは——

「逆《さか》鳴《な》りだ……」

「逆鳴り」

「化生がおる」

「近くに化生がッ」

火護衆《ひもりしゅう》の間からそんな声があがる。伊月は慄然《りつぜん》とした。直後、脇腹《わきばら》がかっと熱くなる。危うく馬上から転げ落ちそうになり、必死に鞍《くら》の端《はし》をつかんでこらえた。

「……い、いつきちゃん、これ……」

見ると、常和も胸を手で押さえて苦しそうに身をよじっていた。耳障《みみざわ》りな鉄環の音がさらに高まる。

「頭役《かしらやく》、火の手が！」

だれかが叫んだ。

先頭の鉾衆《ほこしゅう》だ。指さす空に全員の視線が集まる。ちょうど向かうところであった西——川下の空に、黒い煙が立ち上がって夕陽を汚している。

——燃えてる。

——燃えてる燃えてる燃えてる燃えてる燃えてる燃えてる
伊月《いつき》の中で、あの夜の記憶《きおく》が蘇《よみがえ》る。

「疾《シ》ッ」

束頭役《つかがしらやく》の声が飛ぶ。川原《かわら》の小石を蹴《け》り散らし、火護衆《ひもりしゅう》は一斉《いっせい》に走り出した。


すでに陽は山裾《やますそ》に隠《かく》れ、あけびの実のように鮮やかな紫《むらさき》の夕焼けが西の空に広がっていたが、谷の村を照らす炎《ほのお》はそれよりなお明るかった。

畑の間にまばらに散った家々。ことごとくが燃えている。

伊月は馬を駆って真っ先に村に入った。鞍《くら》から飛び降りると、耳障《みみざわ》りな音を立て続ける鉄環《かなわ》を紐ごと引きちぎる。

「伊月、ばかもの、ひとりで行くな!」

背中に浴びせられた声を無視し、弓を手に走り出す。

川原に人が集まっているのが見える。

赤子《あかご》の泣く声も聞こえる。

あぜ道を下ったところで、ちょうど向こうから駆けてきた人影《ひとかげ》とぶつかりそうになった。

「ひぃいいいいいあああああっ」

その人影は、鶏《にわとり》の首をしめたような悲鳴をあげて土の上にへたりこんだ。見れば、ぼろぼろに焼けた衣を纏《まと》った女だ。髪もちぢれており、火傷《やけど》で赤く腫《は》れた乳房《ちぶさ》が破れ目からのぞいている。

「あ、あああ」

「火護衆《い》組だ。火元は？　火元はどこだッ？」

伊月は女の肩を揺さぶって訊《たず》ねるが、熱に浮かされたようなうめき声が返ってくるばかりだ。

大勢の足音が聞こえた。見上げると、さらにいくつかの人影が坂を下ってくる。

「化け物」

「化け物じゃ」

「ひぃいい、畏《かしこ》み畏み……」

老人達は伊月に気づきもせず目の前を走り過ぎると、川原へと転げ落ちていく。

――やはり化生《けしょう》か。

倒れた女を捨て置き、村人達が下りてきた坂を駆け登る。

再び、村の惨状《さんじょう》が一望できた。

炎《ほのお》に噛《か》まれ、大量の火《ひ》の粉《こ》を噴《ふ》き上げる茅葺《かやぶ》きの屋根。崩れてくすぶる納屋《なや》。子を呼ぶ母親の悲痛な叫び声。焦《こ》げ臭《くさ》い風が伊月《いつき》の顔に吹きつける。

伊月は痺《しび》れたように動けない。

左手奥《おく》の家が炎に身をよじり、大きく傾《かし》いだ。みしみしという音を立てて倒れていく。煙が吹き上がり、その中から火だるまになった人影《ひとかげ》が道に転げ出てくる。

伊月は凍りついて動けない。

鉾衆《ほこしゅう》たちが村人を誘導《ゆうどう》する怒鳴《どな》り声が、なぜだかひどく遠く聞こえる。

風の音が強まる。

それに混じる鉄環《かなわ》のぎいいいいいという逆鳴《さかな》り。

地響《じひび》き。

伊月は動けない。

——わたしの村も、こうやって焼かれたんだ。

——わたしの家も。

——わたしのかかさまも。

——あのときもわたしは、なにもできなかった。

——ただ、かかさまが喰われて、村が燃えていくのを……

「……きちゃん！　いつきちゃん！」

甲高《かんだか》い声が伊月の思考《しこう》を叩《たた》き切った。

振り向く。

常和《ときわ》が弓を手にして駆けてくる。玻璃《はり》寄《よ》せ装束《しょうぞく》の紺色《こんいろ》が闇《やみ》に溶けて、白い腕だけがひらひらと炎に照らされている。

「下！　あぶない！」

常和が叫ぶ。

――下？

見下ろした地面に亀裂《きれつ》が走り、伊月の両脚《りょうあし》の間が隆起《りゅうき》する。息を呑み、横ざまに跳び退《の》いた。平衡《へいこう》を崩し、もんどり打って肩から倒れる。

すさまじい音が伊月を呑み込んだ。土塊《つちくれ》が体中に降り注《そそ》ぐ。

這《は》い退きながら顔を上げると、さっきまで伊月の立っていた地面に巨大な黒い影が生えている。否――地盤を突き破り、なにかが地表に姿を現したのだ。

一本一本が宮の柱ほどの太さもある、毛むくじゃらで節くれ立った脚《あし》が地面に突き立ち、穴の中からそれ自身のずんぐりとした身体《からだ》を引きずり出す。

頭部、松林のような体毛《たいもう》の奥に、みっしりと並んだ眼《め》がぎらつく。

馬鹿《ばか》馬鹿しいほどに巨大な――蜘蛛《くも》だ。

「……喰蔵《くらわ》じゃあ……」

だれかがうめいた。

大蜘蛛《おお》の化生《けしょう》――喰蔵が吼《ほ》えた。無数の脚《あし》がぞろりと持ち上がり、再び地面に突き立てられる。

熱風が巻き起こった。

伊月《いつき》はとっさに両手で顔を覆《おお》う。すぐそばにあった家の屋根が瞬《また》く間に燃え上がった。

「いったん退《さ》がれ、ここじゃ狭すぎる！」

束頭役《つかがしらやく》が叫ぶ声が聞こえた。伊月の四肢《しし》はまだ震えていた。

「いつきちゃん、はやく！」

常和《ときわ》に引きずられ、坂の下まで退避《たいひ》する。

「《い》組だけではとても止められんぞ」

「ここらの火分け衆に加勢《かせい》を」

「もう向かっておるじゃろ」

「風上から囲もう」

「うむ」

「散《チ》ッ」

頭役《かしらやく》ひとりを残し、十数名の火護衆《ひもりしゅう》が鉾《ほこ》を手に散開した。同時に、丘の上で新たな火柱が噴《ふ》き上がって夜を焦《こ》がす。

「あの子が！　あの子がまだ中に！」

半《はん》狂乱になって泣きわめく母親を、斧《よき》衆が無理やり坂の下まで引きずり下ろしてくる。

常和が耳元でなにか叫んだが、伊月はそれを無視した。

地響《じひび》きが近づいてくる。

坂の頂上に、ずんぐりした影が現れた。大蜘蛛の頭部だ。無数の眼がぎらぎらと瞬《まばた》いている。

伊月を見た。

たしかに、伊月を見た。

寄り集まった眼の下に、ぞろりと凶悪《きょうあく》な口が開く。蜘蛛には似つかわしくない、獣《けもの》のごとき口だ。涎《よだれ》で濡《ぬ》れた牙《きば》が見える。

——嗤《わら》っている。

伊月の全身がかっと熱くなった。

——わたしのことをせせら笑っている。

怒りにまかせて矢を二本、腰の後ろの矢筒《やづつ》から引き抜いた。

——殺してやる。

――灼《や》き殺してやる。

――灰のひとつまみも残らないほどに灼き尽くしてやる。

矢をつがえると、弓弦《ゆづる》がじりじりと煙をあげる。

常和《ときわ》が叫ぶ。

「いつきちゃん、だめ！」

かまわず矢束《やつか》いっぱいに引き絞《しぼ》り――放った。

頭の芯《しん》にまで響《ひび》く強烈な鐘《かね》の音とともに、伊月《いつき》の鳴箭《めいせん》が赤い光を渦巻《うずま》かせながら疾《はし》った。狙い過《あやま》たず喰蔵《くらわ》の口の中に突き立つ。

――ぐぅじゅれぃぁあああぁあゥうあああアアアアッ
大蜘蛛《おおぐも》のおぞましい声に、あたりの炎《ほのお》が煽《あお》られて大きく揺れる。松の幹のような脚《あし》が高く持ち上がり、夜空を激しく掻《か》きむしった。

その脚が振り下ろされる。

地が鳴動した。熱風が伊月のところにまで吹き下ろしてくる。めきめきという家が裂ける音に、悲鳴が加わる。まだ家に人が残っていたのだ。

「伊月、ばかもの、鉾《ほこ》で足止めしてないのに、射たら……」

束頭役《つかがしらやく》がうめいた。

大蜘蛛の脚が激しくのたうち始めた。粉々《こなごな》になった家の柱の破片が闇空《やみぞら》に舞い上がる。

「……やはりじゃ。暴れ出した。近づけん」

「いくらでもくれてやる」

伊月は吐き捨て、乙《おつ》の矢をつがえた。

「馬鹿《ばか》者、人の身で射れるは鳴箭まで！　おまえがいくら気張ろうと化生《けしょう》は倒せぬ！　暴れさせるだけじゃ！」

東頭役が叫ぶが、伊月の耳には入っていない。もう、蜘蛛の姿しか見えない。伊月の世界は炎に塗り潰《つぶ》されている。

――化け物め。

――魂魄《こんぱく》まで融《と》かすほどの、火をくれてやる。

狂暴《きょうぼう》な力が全身にみなぎっている。

引き絞ると、火目式《ひめしき》からあふれ出た熱がどくどくと矢に流れ込んでいくのがわかる。赤光《しゃっこう》が膨《ふく》れ上がる。

放った、その瞬間――

「……ッ！」

光が爆散《ばくさん》した。

鐘の音が歪《ゆが》んだまま共鳴しなお共鳴しさらに共鳴し、伊月は思わず顔を伏せた。手から弓が滑り落ちる。

爆《は》ぜたときと同じように唐突《とうとつ》に光は消えた。

顔を上げる。

目の前に常和《ときわ》が立っている。

伸ばされた常和の右手には、しゅうしゅうと煙をたてる矢が一本握られている。

伊月《いつき》の放った矢だ。

「と――き、わ」

「……今、射ちゃ、だめ。まだ村の人がいる」

常和は顔をしかめながら、嗄《か》れた声で言う。矢を握った指の間から血が滴《したた》るのが見える。

「ばか、素手《すで》で、なんて」

「ばかなのはいつきちゃんだよ！」

常和が激昂《げっこう》した。

「おさえる前に射たら暴れ回るに決まってるじゃない！」

「う……」

地響《じひび》きがひときわ大きくなった。体重の軽い常和など、よろけてしまう。

喰蔵《くらわ》の巨体がうぞうぞと動き始めた。

行く手にある畑、納屋《なや》、木立、なにもかもをその脚《あし》で砕き、その腹で押し潰《つぶ》し、その炎の吐息で焼きながら、斜面をずるり、ずるりと這《は》い下りていく。

「囲め！　囲めェ！」

鉾衆《ほこしゅう》の声が聞こえるが、白装束《しろしょうぞく》の姿は炎《ほのお》の壁に阻《はば》まれ、いっこうに大蜘蛛《おおぐも》の身体《からだ》に近づけない。

「喰蔵は俺もはじめてじゃ。《い》組だけでは抑えきれん」

束頭役《つかがしらやく》が歯がみする。

「じゃあ！　どうすれば！」

伊月はいらだたしげに、再び矢筒《やづつ》に手をやる。

と——そのとき。

彼方《かなた》から、鈴の音が聞こえた。

「む」

「あ」

常和も、束頭役も同時にそれに気づいた。

きらびやかな響きはあっという間に膨《ふく》れ上がり、そして——烈《はげ》しい光が上天をよぎる。

——火目《ひめ》の鳴箭《めいせん》！

光は、喰蔵の巨大な影に向かって一気に収束《しゅうそく》した。

鈴の音が爆発音に巻き込まれる。

「鳴箭ありッ」

「鳴箭ありッ」

「鳴箭《めいせん》ありッ」

火護衆《ひもりしゅう》の唱和《しょうわ》、もうもうと巻き起こる土煙《つちけむり》、その向こうで──ぞわぞわと蠢《うごめ》く八本の脚《あし》。

「う、動いてる」

常和《ときわ》の声も上擦《うわず》っていた。

──火目《ひめ》の鳴箭も、効いていない？

いっとき立ち止まった喰蔵《くらわ》の巨体は、また動き出していた。

「うぐうあああアアアアッ」

正面にいた鉾衆《ほこしゅう》の一人が、あっという間に大蜘蛛《おおぐも》の脚に呑み込まれる。肉が砕け骨が裂ける音が伊月《いつき》にまで聞こえたような気がした。

──効いてない。

──当代の力が、そこまで弱ってるのか。

──否、鉾衆が抑え込んでいなかったからか。

鳴箭しか撃《う》てぬ自分がもどかしかった。化生《けしょう》を殺すには灼箭《しゃくせん》を撃ち込むしかない。火目ならば。火目の力さえあれば。

「くそッ」

伊月は振り向くと、束頭役《つかがしらやく》の鉾を引ったくった。

「なにするのじゃ伊月ッ」

聞かず、喰蔵に向かって走り出す。

鉾がひどく重い。弓などとは比べものにならない。鉾衆はこんな重いものを引きずり回しながら、化生と——死の危険と対峙《たいじ》していたのか。

背中から束頭役の声が浴びせられる。

「いったん退《ひ》け！　退けェ！」

大蜘蛛を遠巻きにしていた白装束《しろしようぞく》たちが散り散りに走り出す。

——なぜ退《さ》がる。じきに灼箭が来るぞ。

伊月は胸中で毒づくが、蜘蛛の腹でぞわぞわ動く毛の一本一本が見える距離にまで近づいたところで、やはり立ち止まらずにはいられなかった。

熱がまるで壁のように喰蔵の身体《からだ》を覆《おお》っている。

その分厚い熱気の層に触れただけで、皮膚《ひふ》が悲鳴をあげ、前髪がちりちりと焦《こ》げた。

——止まるな。

——突っ込め。

——殺せ。

——殺せ！

鉾《ほこ》を握りしめ、息を大きく吸い込んだ。肺が焼けるようだ。大蜘蛛《おおぐも》のおぞましい脚《あし》の付け根をひたと見据《みす》え、息を止めて、一歩を――

「やめていつきちゃん！」

背中からだれかがしがみついてきた。

伊月《いつき》は驚き、怒りにまかせてそれをふりほどこうとするが、足をもつれさせ、黒焦《くろこ》げになった家の焼け跡に頭から突っ込んで倒れてしまう。

手から鉾をもぎとられた。見上げると、束頭役《つかがしらやく》の鬼のような形相《ぎょうそう》がある。首をねじまげるとすぐそこには常和《ときわ》の泣き顔があった。

「なんで止める！」

「ばか！　いつきちゃんのばか！　ばかばかばかばかばか！　死んじゃうよ！」

「死んだってかまうもんか！　あいつをッずたずたにッ――」

束頭役の手が伊月の襟首《えりくび》をつかんだ。ものすごい力で引っぱり起こされるや否や、強烈な平手打ちが再び伊月を焼けた地面に打ち据《す》える。目の前で星が散った。

「たわけがッ。童《わ》っぱは震えて寝とれ。戦場に邪魔《じゃま》なだけじゃ」

老練《ろうれん》な目には怒りが燃えている。

「俺らは死ぬために化生《けしょう》に突っ込むわけじゃねぇぞ」

言い捨て、鉾を握り直した。

「いかんな、川原《かわら》に向かっておる」

喰蔵《くらわ》の巨軀《きょく》はいくつもの畦《あぜ》をぶちぬき、川原に近づきつつあった。集まっていた村人達の間から悲鳴があがる。

「くそ、風下に逃げてはいかん！　斧衆《よきしゅう》なにやっとる！」

束頭役《つかがしらやく》は頭を低くして走り出す。常和《ときわ》もそれに続いた。

伊月《いつき》はのろのろと立ち上がる。

——わたしは。

——わたしはなにをしているんだろう。

——非力《ひりき》で。

——愚《おろ》かで。

傷めた足を引きずりながら、伊月は二人の後を追う。畦の雑草は蜘蛛《くも》の熱に触れただけで枯れ草になっており、踏むとざりざりと音を立てた。

喰蔵の動きは鈍っている。二度の鳴箭《めいせん》が多少なりとも効いているのかもしれない。むしろ今の脅威《きょうい》は、風でまわりの林にまで広がった火の手と、それから村人の恐慌《きょうこう》だ。

——なぜ化生《けしょう》は川原に向かっている？

喰蔵を大きく迂回《うかい》し、川原にたどり着いたとき、伊月はその理由に思い至った。

石だらけの地面の上に、年の頃九つか十、常和よりもなお幼い童女《どうじょ》がしゃがみこんで、肩を震わせ泣いている。村人達はそれを遠巻きに囲んでいる。

童女の額《ひたい》に――青白く発光するものがあった。

五つ星のしるし。火目式《ひめしき》だ。

「この子のおっ母《か》さんは？　お父《と》っつぁんは？」

童女のそばに立つ常和が声を張り上げているが、村人達はまるで不気味《ぶきみ》なものでも見るような視線を童女に注《そそ》ぐだけだ。

「ねぇ！　いないの？」

常和の必死の訴えを呑み込んで、背後から地鳴りと、禍々《まがまが》しいうめきが近づいてきた。村人達の顔に一斉《いっせい》に恐怖の色が広がる。

振り向いた。

喰蔵がそこにいる。

裂けた顎《あご》に並ぶ牙《きば》が赤黒くぬらぬらと光っているのまではっきりと見える。

「ひぃいいいい」

「喰われる」

「かかかたや、たや、やや」

「ぎゃうあ」

村人達はてんでばらばらの方向に逃げ出した。常和と伊月、そして火目式を持つ童女が取り残される。

「いつきちゃん!」

常和《ときわ》が伊月《いつき》の袖《そで》を強く引いた。

「この子かついで向こう岸まで!」

「おまえはどうするんだ!」

「うちは弓! 鉾衆《ほこしゅう》みんな呼ばなきゃ!」

伊月はようやく、常和がなにを考えているのか気づいた。

「──やれるのか?」

「やらなきゃ」

伊月は逡巡《しゅんじゅん》し、川原《かわら》に迫る火の手を見やって、それから童女《どうじょ》に訊《たず》ねた。

「おまえ、名前は」

童女は涙でふやけた目をしばたたき、震える声で答える。

「……あ、茜《あかね》」

「よし、茜。いいか、これから向こう岸まで渡る。落ち着いて、暴れたりするなよ」

「え、あっ」

伊月は左脇に泣きじゃくる茜を、右脇に常和を抱えて川に飛び込んだ。暗くてよくわからなかったが、思ったよりもずっと流れが速い。常和が水流に足をとられて転びそうになる。弓が伊月の足にぶつかった。

「ひゃぅっ」

流されそうになった常和の襟首《えりくび》をつかんでとどめた。

振り向くと、喰蔵《くらわ》の巨体が最後の坂を転がり落ちてくる。まるで巨大な火の玉だ。

伊月は足を踏ん張って横殴《よこなぐ》りの水をこらえながら、川の真ん中へと少しずつ歩み始める。

「鉾衆！　集まれ！　集まれエッ！」

声の限りに叫ぶ。視界《しかい》の端《はし》に白い人影《ひとかげ》がちらつく。しかし、それを押しのけ眼前に大蜘蛛《おおぐも》の奇怪《きかい》な影がそびえた。八本の足を振り乱し、げぶ、げぶ、と血煙《ちけむり》の混じる息を吐いている。

「いつきちゃん、はやく」

「おまえが行け」

常和の手から弓を引ったくると、手足をばたばたさせている茜を押しつける。

「え、だ、だって」

「おまえの背丈《せたけ》じゃ水ん中で弓引けないだろ！」

この深さにして、すでに常和は胸まで水に浸《つ》かっている。

「でも、でも、危ないよ！」

「危ないのはおまえだって同じだろが、いいからはやく行け！　これはわたしの役だ！」

「いつきちゃっ、し、死んじゃやだよ？」

伊月《いつき》は常和《ときわ》の尻を蹴飛《けと》ばした。

常和は茜《あかね》の腕を肩に回し、振り向いた。暗い流れの深みに進んでいく。

矢を二本抜き、振り向いた。

大蜘蛛《おおぐも》のばくりと開いた口がすぐそばまで来ている。

——火目式《ひめしき》につられて、のこのこと。

水面《みなも》に蜘蛛の足が突き込まれる。まるで獣《けもの》の皮を引き裂いたようなすさまじい音とともに、盛大な湯気《ゆげ》が上がった。熱い湿気《しっけ》が伊月の顔にも吹きつける。

「うっ……」

——だめだ、目を閉じるな！

——もっと引きつけろ！

むせながら、後ずさり、矢をつがえた弓をそろそろと持ち上げる。

蜘蛛の背後に白い人影《ひとかげ》がちらちらと見えた。二股《ふたまた》の鉾先《ほこさき》が炎《ほのお》を照り返してきらめく。

鉾衆《ほこしゅう》だ。

喰蔵《くらわ》の胴《どう》が河に浸《ひた》った。ひときわ分厚い水煙《みずけむり》が毛むくじゃらの巨体を押し包む。目がずきずきと痛んだ。まぶたを開けているだけで苦痛だ。しかし、熱は確実に川の水によって奪われている。これならば鉾衆が近づけるはずだ、と伊月は流水の中を後ずさりながら思う。

「囲めェッ！」

「脚《あし》に二人ずつかかれェッ！」

「捉《サ》ッ」

火護衆《ひもりしゅう》の声——

そのとき、水煙の層を突き破ってなにかが伊月めがけて降ってきた。衝撃《しょうげき》が全身を打ち据《す》える。伊月の身体《からだ》はもんどり打って、ひととき完全に水の中に没した。

もがきながら、必死に水面へと顔を出す。

爛々《らんらん》と光る無数の眼《め》がすぐ上から伊月を見下ろしていた。

「あぁあ……」

左の頬《ほお》をなにかがちくちくと刺した。

伊月のすぐ左になにかがそびえている。

毛むくじゃらの、太く黒い——大蜘蛛の脚《あし》だ。

——殺されてた。

——あとほんの少しずれていたら。

——いや、

——殺される。

伊月を見下ろす目が可笑《おか》しそうに瞬《まばた》く。

——殺される。わたしはここで殺される。

――あのときみたいに。なにもできず。あの夜のかかさまのように。

ぼたり、と伊月《いつき》の頬《ほお》に熱い液体が滴《したた》り落ちてきた。

喰蔵《くらわ》の唾液《だえき》だ。

――喰われる。

――喰われる喰われる喰われる喰われる喰われる喰われる

「いつきちゃあああぁんッ!」

常和《ときわ》の声に、左手が勝手に跳ね上がった。水の中から弓をつかみ上げる。矢を握りしめていた右手が弓弦《ゆづる》にかかる。

「おおおおあああああああアッ!」

矢に力が流れ込む。視界《しかい》が赤い光で染まる。その光の向こう、喰蔵の凶悪《きょうあく》な口が伊月めがけて落ちてくる。

解き放った。

深紅《しんく》の光が蜘蛛を貫《つらぬ》く。

伊月のまわりにあった水が瞬時《しゅんじ》に蒸気へと転じた。

長く長く長く尾を引く鐘《かね》の音に、蜘蛛の脚《あし》が、目が、牙《きば》が、毛の一本一本までが、痙攣《けいれん》し、わななく。

伊月は背中から水の中に倒れた。狂暴《きょうぼう》な水流が、力を失った左手から弓をもぎとっていく。

蜘蛛は――

蜘蛛は、まだ動いている。

火護衆《ひもりしゅう》の声が聞こえたが、なんと言っているか伊月にはわからない。

水の幕に覆《おお》われた伊月の視界《しかい》の中、再び喰蔵の脚がざわざわと動き、水を掻《か》き分け、白装《しろしょう》束《ぞく》の人影《ひとかげ》を弾《はじ》き飛ばすのが見える。

――だめ、か。

――わたしじゃ、やっぱり足りなかった。

――もう、わたしにできることは……


笛の音は、はっきりと聞こえた。

伊月は川底の尖《とが》った石に手足を突っ張り、水の中から身体《からだ》を引き上げた。空気が清冽《せいれつ》な笛の音でいっぱいになっている。耳が張り裂けそうなほどだ。

喰蔵の頭の真ん中に、赤く燃えるものが突き立っている。赤い光の筋をたどり、川の向こう岸に目をやった。

石だらけの地面に立つ、小さな玻璃寄《はりよ》せ装束《しょうぞく》姿が見える。

——常和《ときわ》。

弓など持っていないはずなのに、伊月《いつき》には、常和が握りしめている弓が鳴箭《めいせん》の余韻《よいん》に震えているのが見える。

「鳴箭ありッ」

「鳴箭ありッ」

「鳴箭ありッ」

本来は火目《ひめ》の鳴箭にしか応じないはずの唱和《しょうわ》が、鉾衆《ほこしゅう》の口からほとばしる。蜘蛛《くも》の蹴《け》り上げにこらえた数人が逆手《さかて》に持った鉾を毛むくじゃらの脚《あし》に突き立て、そして一斉《いっせい》に空を見上げる。

伊月の脇腹《わきばら》が、火目式《しき》がざわざわと高まる。

——ああ。

——来る。

——常和の鳴箭に、火目が応える。

伊月はほとんど祈るような気持ちで夜空を仰いだ。

闇夜《やみよ》が真っ白に塗り潰《つぶ》された。

あまりにも高く、それゆえ聞こえないほどに澄んだ楽音《がくおん》——そこに、大蜘蛛の汚《けが》らわしい喚《わめ》きが混じった。彼方《かなた》の烽火《ほうか》楼《ろう》から飛来した強烈な灼箭《しゃくせん》の一撃《いちげき》が、蜘蛛の頭部を貫《つらぬ》く。毛に覆《おお》われた肉が弾《はじ》け、炎《ほのお》と光が飛び散る。喰蔵《くらわ》の巨体が白熱した光の塊《かたまり》となり、空気と溶け合う。光がおさまる。

焼け焦《こ》げた闇空を背景に、大《おお》蜘蛛の巨体は青い炎に包まれ、歪《ゆが》んでいく。苦悶《くもん》の叫びをあげながら振り上げた脚が、まるで炎にかざした髪の毛のようにたやすくねじくれ、溶け落ち、白い骨がむき出しになる。

伊月は、そのとき、それを見た。

剛毛《ごうもう》が灼《や》かれ、ひとときむき出しになった大蜘蛛の腹部。

溶け落ちる寸前の、青白くぶよぶよとした不気味《ぶきみ》な皮膚《ひふ》の表面に刻まれた、五角形をなす赤い斑紋《はんもん》。

——火目……式？

——まさか。

——だって、あれは化生《けしょう》だ。

伊月の見ている前で、青い炎はその五つ星の斑点《はんてん》も呑み込み、溶けて裂けた皮膚の間からおぞましい臓腑《ぞうふ》が流れ出てくる。吐き気のするような生温かい臭気《しゅうき》が漏れ出てくる。

伊月は目をそらせない。

灼けた脚が身体《からだ》を支えきれなくなり、蜘蛛の巨体は仰向《あおむ》けに、石ばかりの川原《かわら》に倒れた。骨が砕ける音が連鎖《れんさ》的に響《ひび》く。鉾を手にした火護衆《ひもりしゅう》たちが祭文《さいもん》を口にしながら炎の中に飛び込んでいく。

伊月《いつき》はそれから目をそらせない。

むっとするにおいが煙にのって流れてくる。

「いつき……ちゃん？」

背後から常和《ときわ》の声がかかる。

伊月は、いまや潰《つぶ》れて肥《こ》やしの山のようになった化生《けしょう》の骸《むくろ》から目をそらせない。

「よかった、なんともなくて」

うん、と伊月は喉《のど》を鳴らして答える。

炎《ほのお》の中で、無数の鉾衆《ほこしゅう》の影が踊っている。骨を踏みしめる音がまるで鼓《つづみ》の拍《はく》のように響《ひび》いている。


当代火目《ひめ》の力が衰《おとろ》えていたためか、蜘蛛《くも》の身体《からだ》が溶けてしまう頃には日が暮れていた。

村を囲む林の火勢《かせい》はおさまらなかった。延焼を防ぐため、斧衆《よきしゅう》と鉾衆が駆け回って樹《き》を切り倒した。人手《ひとで》が足りなかったので、伊月も斧《おの》を担《かつ》いで汗みずくになり走り回る羽目《はめ》となった。

火の勢いが衰えを見せ始めたのは、東の空が白々としてきた頃だった。伊月は村を見下ろす高台の草地に座り込み、闇《やみ》の中でちらちらと燃える炎の群れを眺《なが》めながら荒い息をついていた。

手は感触《かんしょく》がなくなるほどにしびれ、脚《あし》は鉛《なまり》のようだった。

「だいぶ火もしぼんだな」

そばに寄ってきた束頭役《つかがしらやく》が言った。浅黒い精悍《せいかん》な顔には疲れの色すら見えない。

「おまえは寝とれ。火消しで御明《みあ》かしを使い潰《つぶ》したとあっては宮様《みやさま》に叱《しか》られるでな」

「いや、わたしもまだ働け……」

意地を張って立ち上がろうとしたが、脚がまったく動かなかった。束頭役の笑い声が降ってくる。

無性に情《なさ》けなくなった。

まめが潰れて赤黒く汚れた両手を見つめていると、涙が出てきた。

「斧も、こんなに重かったんだな……」

そんなつぶやきが漏れる。

「常和殿のあれは……見事な鳴箭《めいせん》だったのう」

束頭役が言った。

「思わず唱号《しょうごう》してしもうた」

——わたしは、ここまで無力だったのか。

しゃがみこんで疲労に身を任せていると、涙が後から後からあふれて止まらなくなった。夜にちらつく炎がにじんだ。

――蜘蛛《くも》に近づけるように仕組んだのも、鳴箭《めいせん》を撃《う》ち込んだのも、常和《ときわ》だ。

――わたしはただ早まって、鉾衆《ほこしゅう》の邪魔《じゃま》をしただけだ。

――足手まといだった。

涙をこらえようとすると、喉《のど》から嗚咽《おえつ》があふれ出た。

それを聞いたのかどうかわからないが、束頭役《つかがしらやく》は伊月《いつき》の頭をぽんぽんと叩《たた》くと、斜面を下って川原《かわら》の方へと向かった。桶《おけ》を持った村人や火護衆《ひもりしゅう》たちが川岸と火元を何度も往復して鎮火《ちんか》にあたっている。

「いつきちゃあん」

声がして、白い小さな影が斜面を駆け上がってくるのが見えた。

「いつきちゃん、茜《あかね》ちゃんのおっ母《か》さん見つかったよ！」

常和は肩で息をしながら嬉《うれ》しそうに言う。常和の指さす先、坂の下に大小二つの人影《ひとかげ》が見えた。母親らしき大きな方の人影はこちらに向かって何度も頭を下げ、小さい方はしきりに手を振っている。

伊月はなんと返せばいいかわからず、ただうなずいた。

近くまで来た常和が、首を傾《かし》げる。

「いつきちゃん、……泣いてるの？」

伊月ははっとして、顔をそむけて煤臭《すすくさ》い袖《そで》で顔を拭《ぬぐ》った。

──泣いているところを、二度も見られた。

恥ずかしくて逃げ出してしまいたかったが、脚《あし》はまだ言うことを聞いてくれそうになかった。

常和が伊月の隣《となり》にしゃがみこんだ。

炎《ほのお》のちらつく村を見下ろして、つぶやく。

「この村、大丈夫かな。明日になって、火が消えたら、また家建て直して、畑も耕して。もとに、もどるかな。もどるよね」

伊月はうつむいた。

──わたしは、自分のことでぐじぐじ悩んでばかりだ。

また涙が出てきそうになる。

「……常和」

「なに？」

「すまなかった」

「どして？」

伊月は黙って首を振った。

常和がにじり寄ってきて伊月の脇にぴったりを身体《からだ》を触れさせた。伊月は驚いて身を固くする。

「うちも、いつきちゃんにお礼言おうと思ってたの」

伊月《いつき》は常和《ときわ》の横顔を見た。芋《いも》の甘露煮《かんろに》を頬張《ほおば》ったときのようにほころんでいる。

「川に入ったときのいつきちゃん。お姉《ねえ》ちゃんみたいだった。だから、不思議《ふしぎ》だね、怖くなかったよ」

「姉、いたのか」

「うん。三人いた。でも今は、いつきちゃんがうちのお姉ちゃん」

常和が伊月の二の腕に頭をこすりつけてきた。猫みたいだと伊月は思う。そのうち喉《のど》を鳴らし始めそうだ。

——でも、わたしは役立たずだった。

——けっきょく、常和にみんな助けてもらった。

——わたしは……


「あのね」

常和が頭を伊月の肩に載せたままつぶやく。

「うち、火目《ひめ》になるの。うんと強い火目になって、伊月ちゃんを守るの」

伊月は、しばらくたってからうなずいた。

炎《ほのお》に煽《あお》られて、風が強くなり始めていた。

＊

火摺《ひす》り巡りは中止となり、一行《いっこう》はすぐに都へと戻った。多くの怪我人《けが》が出たことも理由だが、火目の力が急激に弱まっていることがわかったためでもあった。

当代正護役《せいごやく》——火目の退位《たいい》が決定されたのは、その五日後のことである。

五　火渡の紅弓

「伊月《いつき》様、帯《おび》の重ねが逆です！」

「伊月様、髪が崩れてますわ！」

「伊月様、脇紐《わきひも》はしっかりと！」

着付けの手順を一つ間違えるたび、女官《にょかん》の黄色い声が寝所《しんじょ》に響《ひび》く。伊月はいい加減《かげん》うんざりしていた。正装への着替えを始めてから、世話役《やく》の女官に二人がかりでしじゅう突っ込まれている。

「もう三年もいらっしゃるのに。少しは慣れてくださいませ」

「だってこんな大げさなかっこ、火垂苑《ほたるえん》に入るときくらいしか着たことないぞ」

頬《ほお》を膨《ふく》らませる伊月の頭に、女官は手早く釵子《さいし》——花飾りの付いた冠《かんむり》——を載せる。単衣《ひとえ》の上には袖《そで》のたっぷりとした萌黄《もえぎ》向蝶《むかいちょう》柄《がら》の千早《ちはや》を羽織《はお》り、神楽鈴《かぐらすず》まで持たされているので動きにくいことこの上ない。

「今日は賜火《しか》の儀《ぎ》。帝《みかど》に拝謁《はいえつ》なさるのですよ」

「わかってるけど」

「いいえ、わかっておりませぬ。いいですか伊月様」

女官は伊月の前に膝《ひざ》をついて、下からのぞきこむようにして諭《さと》す。

「帝の上にはなんぴとも立てません。この国で最も尊きお方だからです。けれどこの日、賜火の儀においてだけは、帝は火目《ひめ》として選ばれた御明《みあ》かしに頭を垂れられ、神弓《しんきゅう》・火渡《ひわたり》を献《けん》じられます。なぜだかおわかりになりますか？」

「……火目に、観宮呼火命《あきのみやよびのみこと》が降りるから」

「そうです。呼火命と、皇祖《こうそ》・高御名宜日神《たかみなむべひのかみ》は夫婦《めおと》であらせられます。まだ人が火を手にしていなかった頃、高御名宜日神は稲《いね》八千、稗《ひえ》七千、杉の苗《なえ》三千、鳶《とび》の卵三千をもって観宮に入婿《にゅうせい》なされました。これにより人々に火がもたらされたのです。賜火の儀はこれを……伊月様！寝ないでくださりませ！」

「んん。起きてるよ。だいじょぶ」

あまりに話が退屈《たいくつ》だったので、立ちながらうとうとしてしまった伊月である。

「帝が謙《へりくだ》られる大変な儀式《ぎしき》なのですよ！　だからこそ、伊月様もぬかりない礼を……」

でも、と伊月は思う。

女官のきんきん声を遠く聞きながら。

――選ばれるのは、たぶん……

しゃなり、と神楽鈴の音が背後で聞こえた。

振り向くと、寝所に佳乃《よしの》が入ってくるところだった。伊月と同じ巫女《みこ》の正装をしているが、黒髪《くろかみ》の見事な佳乃はやはり堂に入っている。

ただ、目に巻きつけた絹布《けんぷ》が全体の印象《いんしょう》をやや損ねていた。

「目……どうしたの？」

「あら、これですか」

佳乃《よしの》は口の端《はし》を曲げて、目を覆《おお》う布に手をやる。

「先日から薬を新しくしたのですわ」

「……悪いのか、目」

「いいえ。むしろ治りかけですのよ。でも、賜火《しか》の儀《ぎ》に間に合わなくて残念。伊月《いつき》さんの千早《ちはや》姿、見物《みもの》でしたのに」

「ばか」

そんなのまた見られるじゃないか、と言おうとして、伊月は口をつぐむ。

——これで、最後なんだった。

だれが選ばれるにしろ、伊月が巫女《み こ》装束《しようぞく》を着ることはもうない。

「伊月さんこそ、お怪我《けが》はもうよろしいのですか？」

「……ああ、うん。もう平気」

火摺《ひす》り巡りから、もう十日経《た》っている。あのときの捻挫《ねんざ》や打ち身、火傷《やけど》はほとんど完治してしまった。

ただ、蜘蛛《くも》の腹にあった火目式《ひめしき》——あれだけが伊月の目に焼きついて消えない。なぜ化生《けしよう》を滅ぼす力である火目式が、化生に刻まれているのか。なぜ火目式は化生を呼ぶのか。なぜ火目も化生も、ともに火を纏《まと》うのか。

なぜ――

「わぁ、佳乃ちゃんきれい」

ぱたぱたと足音を立てて入ってきたのは常和《ときわ》だ。

小さな身体《からだ》には袖《そで》の長い千早も大飾りの付いた冠《かんむり》も不釣《ふつ》り合いで、寸法を間違えた人形のようにに見えてしまう。

「うちも髪伸《の》ばそうかなあ」

佳乃の後ろ髪を触りながら言う。

「常和さんは肩ほどの長さが似合《にあ》いますわ」

振り向いて佳乃は答える。

「そうかな？」

「ええ。それに――」

佳乃は常和の頰《ほお》に手をやった。

「――もう、伸びることもありませんから」

常和は首を傾《かし》げる。

「どして？」

佳乃は答えない。

伊月はその横顔を訝《いぶか》しげに見つめる。

――なにを言ってるんだろう、佳乃《よしの》は。

――目のあたりを隠《かく》すと、ここまで表情がわからなくなるのか。

表情はわからない。

けれど、なんだか佳乃は泣いているように見えた。

年かさの女官《にょかん》が戸口から顔を出した。

「佳乃様、伊月《いつき》様、常和《ときわ》様。お支度《したく》がお済みでしたら、紫宸殿《ししんでん》へ参りましょう」


紫宸殿は内裏《だいり》の正殿である。

内裏の南の正門、承明門《じょうめいもん》を入ってすぐに玉石《たまいし》と真砂《まさご》を敷き詰めた広い中庭があり、その奥に厳然《げんぜん》と構えているのが、国の大事《だいじ》を執《と》り行う紫宸殿である。

その日、紫宸殿前《まえ》の中庭の両側には、正装した左右大臣《だいじん》以下の公卿《くぎょう》たちがずらりと垂纓繁文《たれえいしげもん》のいかめしい冠《かんむり》を並べて坐《ざ》していた。

伊月、佳乃、常和の席は紫宸殿の木段《もくだん》を上ったところの廂《ひさし》に設《しつら》えられてある。背後には壮麗《そうれい》絢爛《けんらん》な帝《みかど》の座処《ざしょ》――高御座《たかみくら》があるが、その日に限り帝はそこにはいない。国の最上位である帝がより高位の者に拝する唯一《ゆいいつ》の儀式《ぎしき》、それが賜火《しか》の儀であるからだ。

真砂の庭の中央、公卿らが向かい合う間中に、小さな堂がうずくまっている。真上から見ると五角形をしているという。元からそこにある建物ではなく、普段は分解されて大蔵《おおくら》に納められており、賜火の儀の三日前に組み立てられる。

観宮呼火命《あきのみやよびのみこと》を迎えるに際し、帝が禊《みそ》ぎのために籠《こ》もる堂である。

堂の扉は伊月たちの方を向いており、その手前には種々の神器《じんぎ》を載せた八脚案《はっきゃくあん》が置かれている。

ひときわ目立つのが、鹿の角《つの》で支えられ堂の正面に恭《うやうや》しく置かれた一張《ひとはり》の弓である。

火渡《ひわたり》という。

火目《ひめ》が替わるたびに新しくこしらえるというから、今、伊月が目にしているのは二十六張目の火渡である。丹塗《にぬ》りの美しい弓だ。

木段のすぐ下に控えている神祇官《じんぎかん》が、重く鈍い声で祝詞《のりと》をあげる。

「科戸《しなど》之《の》風《かぜ》の天乃八重雲《あまのやへぐも》を吹放事之如《ふきはなつことのごと》く　朝之御霧夕之御霧《あしたのみぎりゆふべのみぎり》を　朝風夕風《あさかぜゆふかぜ》の吹掃事之如《ふきはらふことのごと》く　大津邊《おほつべ》に居《お》る大船《おほぶね》を舳解放《へときはな》ち艫解放《ともときはな》ちて　大海原《おほうなばら》に押放事之如《おしはなつことのごと》く　彼方之繁木本《をちかたのしげきがもと》を焼鎌《やきがま》の敏《と》鎌以《がまもち》て打掃事之如《うちはらふことのごと》く　遺罪《のこるつみ》は不在《あらじ》と祓給清給事《はらへたまひきよめたまふこと》を……」

都の上天《じょうてん》は曇り空だ。

風はない。

古い木のにおいに、橘《たちばな》の花の香りがかすかに混じっている。

鼓《つづみ》が鳴らされた。祝詞の声の調子が変わる。

五角堂《ごかくどう》の扉が——軋《きし》んだ。

ほとんど上の空だった伊月《いつき》だが、はっとして背筋《せすじ》を伸ばした。

——帝《みかど》。

——国を統《す》べる方。

——どんな人なのだろう。

——人であって、人ではない。

——神人《かみびと》。

扉が開いた。

公卿《くぎょう》たちが一斉《いっせい》に頭を垂れる。暗い池が波打ったかのようだ。

堂の闇《やみ》の中から、小さな人影《ひとかげ》が歩み出てくる。衣は紫《むらさき》で、長い髪は左右の耳の脇で大きな輪に結っている。草花の髪飾《かみかざ》りをつけてはいるが、冠《かんむり》はない。

——子供?

まるきり童形《どうけい》である。

帝は扉のすぐ外でひざまずき、左右の袖《そで》を打ち振る複雑な仕草《しぐさ》をしてから、両手で火渡《ひわたり》を捧げ持った。

女官《にょかん》が近づいて、弓を載せていた八脚案《はっきゃくあん》を脇にのける。

つぶやきのようになった祭詞《さいし》の中、帝が両手で弓を持ち、しずしずとこちらへやってくる。

顔が――次第に、はっきりと、見える。

伊月は息を呑む。

帝がまったく足音を立てず、木段《もくだん》をゆっくりと上る。やがて伊月たちの座る廂《ひさし》に至ると、祝詞《のりと》が止んだ。

伊月は、その顔から目が離せない。

「ばかもの。儀式《ぎしき》の最中じゃ、呆《ほう》けておらんで、しゃんとせい」

聞き慣れたその声が、可笑《おか》しそうに囁《ささや》いた。

「あ、あなたが」

「だから口を利くなと言っておる」

豊日《とよひ》は、火渡を持った手を持ち上げながら、笑った。

「観宮呼火命《あきのみやよびのみこと》に拝謁《はいえつ》たまわる」

凛《りん》とした高い声で呼ばわる。

その足が伊月の前を通り過ぎた。

豊日の身が低くなる。頭が深く下がり、髪先《かみさき》が床を這《は》う。

常和《ときわ》は、自分の目の前に差し出された紅《あか》の弓を、しばらく呆けた顔で見ていた。

「献上《けんじょう》奉《たてまつ》る」

顔を下げたままだったが、それでも豊日の声は紫宸殿《ししんでん》中に響《ひび》いた。庭の公卿たちにも一人残

らず聞こえたことだろう。

気を失いそうに思えるほどの間があった。

やがて——

常和《ときわ》の小さな手が、豊日《とよひ》の小さな手から、弓をそっと受け取った。

＊

夜。

内裏《だいり》、宣陽殿《せんようでん》——後宮《こうきゅう》の一角である。

後榊《あとさかき》の園と呼ばれる大きな庭に面した部屋で、六月だというのに早くも縁《えん》には暑気《しょき》除《よ》けの簾《すだれ》が吊《つ》られ、夏虫の声がそこここの叢《くさむら》からかすか聞こえている。

この部屋からは烽火楼《ほうかろう》は見えない。ちょうど逆の方角だ。だから伊月《いつき》は縁台に座って、月ばかりを見ている。

放心、という他ない。

なにも考えていないわけではないが、なにから考えればいいのかがわからない。

火目《ひめ》のこと。

化生《けしょう》のこと。

常和《ときわ》のこと。

佳乃《よしの》のこと。

自分のこと。

豊日《とよひ》のこと――

ふと、すぐ隣《となり》に立つ白い人影《ひとかげ》に気づいた。

胡乱《うろん》な目で見上げ、すぐにがばと頭を下げる。

豊日だった。

「なんじゃ、いきなりかしこまりおってからに。気味が悪い。よせ」

からからと笑い、縁に腰を下ろして庭の側に足を投げ出した。いつもの白装束《しろしょうぞく》で、髪はまた後ろの高みで一本に束ねている。

「いや、で、でも」

帝《みかど》、である。

知らぬ事とはいえ、国を統《す》べる神人《かみびと》に対してこれまで自分がどれだけ気安くぶっきらぼうな態度をとってきたか、思い出すだけで伊月は肝《きも》が冷える思いがする。

まだ信じられない。

「前のようでよい。お前様までそうへいこらしていたら、わしはだれをからかって遊べばいいのじゃ」

「そ、そういうわけにはまいりませぬ」

「慣れぬ言葉を使うと舌が絡まるぞ。お前様、今までわしに何度ばかと言ったか知れぬ。今さら、はは」

そう言われるとますます顔を上げられなくなる。

「のう、伊月《いつき》」

豊日の声が少し低くなる。

「わしは、変わったか？」

――え？

「賜火《しか》の儀《ぎ》の前と後とで、わしという者はなにか別の者になったか」

――それは。

「お前様も、儀の前のままの伊月じゃろ」

――それは、その通りだ。

「国の帝に頭を垂れるなとは言わぬ。それは必要なことじゃ。天がふたをしてようやく地は平らでいられる。じゃがの。頭を下げるべきは――あの紫《むらさき》の衣じゃ」

言われて、伊月は思い出す。

昼間、賜火の儀で豊日が纏《まと》っていた衣の、深い紫。

「中身はどうでもよい。式だの礼だのはそういうことじゃ。尽くさぬでもよいときがあるからこそ、尽くすべきときがある。今のわしは火護衆《ひもりしゅう》《い》組の豊日《とよひ》じゃ。だから、這《は》いつくばるな」

豊日の手が、伊月《いつき》の髪に触れた。

「——わしが、さみしいぞ」

伊月は、そっと頭を上げる。

豊日の、いつものこまっしゃくれた顔があり——それが、笑いを必死にこらえているのがわかる。

「……にしても、お前様、いや、……なかなかどうして、似合《にあ》っておるではないか」

「わ、笑ったな！」

伊月は思わず豊日の手を払いのけて拳《こぶし》を振り上げる。豊日は座ったままとは思えないほど俊《しゅん》敏《びん》な動きでさっと後ずさった。

「わ、わたしだって、好きでこんなかっこしてるわけじゃないぞ！」

伊月が着ているのは、壮麗《そうれい》な五衣唐衣《いつつぎぬからぎぬ》裳姿——まさしく後宮《こうきゅう》の女御《にょうご》の装束《しょうぞく》である。紅幸菱《べにゆきびし》の単衣《ひとえ》の上に五衣、さらに白小《しろこ》葵地《あおいじ》の唐衣、後ろには長大な裳《もすそ》を引きずっている。

当人にとってすれば、着ているというよりも布の中に埋まっているという心地である。

「こんなんじゃまともに歩けもしない」

「慣れるしかないのう。お前様もこれから毎日その手のかっこうじゃ」

「ま、待て」

伊月は重大なことに思い至って、じりじりと豊日に詰め寄る。

「御明《みあ》かしがそのまま後宮《こうきゅう》入りするっての、ほんと?」

「ほんとうじゃ」

しれっと豊日は答える。

「つ、つまり、わたしは、あなたの」

「なんじゃ、いやか。わしはたいがい若い方から可愛《かわい》がることにしておるぞ、安心せい」

「ばか、そういう問題じゃ」

顔が赤くなるのがわかる。

――こいつ、そうなるとわかっていながら、わたしを拾って育てたのか。

そのことを思うと、無性《むしょう》にむずがゆい気分になる。

「……いやなら、入内《じゅだい》せずともよいぞ」

「え」

「家に戻る先例もなくはない。お前様の好きにせい。火目《ひめ》になれなんだら……どうするつもりじゃった?」

問われて、伊月は黙り込む。

――火目になれなかったら。

──そんなことは……

「考えてなかった」

豊日《とよひ》から目をそらし、ぽつりと答える。

「火目《ひめ》になることしか、考えてなかったんだ。火目になって、あいつらを一匹残らず焼き払うことしか、考えてなかった」

──それさえも。

「だから、今は、なんだか……からっぽ」

「そうか」

豊日はすとん、と庭に裸足《はだし》で下りた。草の上を二、三歩あるく。

「悔《くや》しいか」

伊月《いつき》に背を向けたまま問う。

「ああ……うん」

どこからか笛と笙《しょう》の音が聞こえる。宴《うたげ》なのだろう。

「悔しいよ」

自分でも不思議《ふしぎ》なくらい、素直に答えが出た。

「でも、なんとなく、わかってた。わたしじゃだめなんだって。なぜだかは、まだ、わからないけど」

「火摺《ひす》り巡りのこと、気にしておるのか」

「それもある」

火摺り巡り。

喰蔵《くらわ》。

化生《けしょう》の腹にあった――五つ星。

「豊日殿、あなた今まで何匹《なんびき》化生を見た」

ふと、訊《たず》ねる。

童子《どうじ》は振り向き、眉《まゆ》にしわを寄せた。

「藪《やぶ》から棒に、なんじゃ」

「気になることが、あるんだ」

「さて。今までに見た化生か。千や二千ではきかぬぞ」

「喰蔵は」

「あれは稀《まれ》じゃ。わしも前に遭《お》うたは、そう、七、八年前かの」

お前様もあの村も、不運じゃった――豊日はそう付け足す。

「喰蔵の腹に――」

伊月はしばらく言い淀《よど》む。

――言っていいのだろうか。

——これは。

——これは、ひょっとして忌み事ではないのか。

「喰蔵《くらわ》の腹に、赤い——五つ星の斑点《はんてん》があるのを、見た」

豊日《とよひ》の顔がいっそう険しくなった。

「あれは」

伊月《いつき》は目をそらす。

「火目式《ひめしき》じゃないのか」

しばらく、なんの答えも返ってこない。

ふと気づくと、豊日は伊月の隣《となり》に座っている。

笙《しょう》の物憂《ものう》げな旋律《せんりつ》が沈黙《ちんもく》を埋める。

「お前様も、見たか」

豊日がそっとつぶやいた。

「化生《けしよう》には、みな式が刻まれておる。火護衆《ひもりしゆう》ならだれでも知っておろ」

——化生すべてに。

——それは……

「忌《い》み事じゃ。口外《こうがい》するでないぞ」

「どういうことなんだ。なんで、化生に」

豊日の指が、す、と伊月の唇をふさいだ。

童子《どうじ》の深く大きな瞳が、まっすぐに伊月を捉《とら》える。

「燻浄《くんじょう》の儀《ぎ》が終わったら、話そう」

――燻浄の儀。

――常和《ときわ》が、明日、火目になったら。

豊日は立ち上がった。

と、廊下の向こう端《はし》から、さらさらと裳《もすそ》を引く音がして、唐衣裳《からぎぬ》姿《すがた》が現れた。

「まあ。帝《みかど》がいらっしゃるとは思いませんでしたわ」

佳乃《よしの》であった。さすがに弓削三位《ゆげさんみ》の息女《そくじょ》、着こなしにもぎこちなさがまるで見られない。

あいかわらず目には布を巻いており姿は見えないはずだが、ぴたり豊日の二歩向こうでするりと腰を落とすと、雅《みやび》やかに平伏《へいふく》した。

「やはりお前様には白衣緋色袴《びゃくえひいろばかま》よりもそちらが似合《にお》うておるの、佳乃」

豊日が楽しそうに言う。

「そうでしょうか。お褒《ほ》めいただいて恐縮《きょうしゅく》ですわ。わたくしはあちらも気に入っていましたけれど。あら？」

顔を上げ、佳乃は首を傾《かし》げる。

「火護装束《ひもりしょうぞく》ですのね。においでわかりますわ。では遠慮《えんりょ》なく豊日殿とお呼びした方がよろしいのでしょうか」

「見ろ、伊月《いつき》」

振り向いて豊日《とよひ》はにやにや笑う。

「佳乃はちゃんと心得ておるぞ」

「ばか」

「賜火《しか》の儀《ぎ》での伊月の顔は、実に見物《みもの》じゃったの」

「まあ、それは是非《ぜひ》見たかったですわ」

「うるさいな。佳乃《よしの》だって、もうちょっと驚いたっていいのに。わたし一人ばかみたいじゃないか」

「わたくしは存じ上げておりましたもの。豊日殿のことは」

「なっ」

伊月は驚きのあまり立ち上がろうとして、衣のどこかを踏んづけてよろけ、豊日に抱き留められる。

「なにしとるのじゃ」

「ご、ごめん……じゃなくて、佳乃、し、知ってたの？」

「だって、火垂苑《ほたるえん》は後宮《こうきゅう》の一部だと、前にお話ししませんでしたか？」

聞いた記憶《きおく》がある。男子禁制《きんせい》だと――

「男子禁制の火垂苑に出入りできる男の方なのですから、他にはいらっしゃらないでしょう」

佳乃は口元に手をあてて肩を揺らす。

「ちょ、ちょっと待って、それみんな知ってたのか？　女官《にょかん》は？」

「知らぬはずがないであろ。見て見ぬ振りをしておるだけじゃ」

「く、組詰《くみづ》め屋の衆《しゅう》は」

伊月の声はほとんど泣き出しそうだ。

「《い》組鉾衆《ほこしゅう》の年寄りはみな知っておるの」

――わたしだけ、知らなかった。

火目式《ひめしき》の熱など問題にならぬくらいの恥ずかしさがこみあげてきて、伊月は目の前の豊日の脇腹《わきばら》を何度も拳《こぶし》で突いた。

「痛いぞ。なにをする」

「うるさい。いつまで抱きついてるんだ、放せ」

豊日は呵々《かか》と笑いながら飛び退《の》き、廊下を歩き出した。

「また夜更《よふ》けに、今度はお前様の夫として来るとしようぞ。心の準備をしておくがよい」

「ばか！　来たら尻に火つけてやる！」

「冗談《じょうだん》じゃ」

笑い声は廊下の角を曲がり、遠ざかる。

佳乃《よしの》がくす、と笑みを漏らした。

「伊月《いつき》さんが元気そうで、嬉《うれ》しゅうございますわ」

するすると部屋に入ってきて、衣裳屏風《びょうぶ》の前に腰を落ち着ける。

「落ち込んでいましたのかと思っていました」

「なんでわたしが落ち込むんだ」

思わず怒ったような調子で訊《き》き返してしまう。どうにも、豊日《とよひ》と話していたときのかっかとした口調《くちょう》が抜けない。

「どうして落ち込んでいないのですか？」

さらりと返してきた。佳乃の唇には変わらず笑みが張り付いている。目が隠《かく》れているからわかりにくいが、たぶん笑っているのだろう。

「落ち込まなきゃ、いけないのか」

「火目《ひめ》を目指す理由をわたくしに教えてくれたときの伊月さんは、正護役《せいごやく》に選ばれなければ首をくくるくらいの剣幕《けんまく》でしたわ」

「そうだな」

今でも、そう——であるはずだった。

——のうのうと生きてる。

——村を焼いたのは、わたしなのに。

——わたしが、化生《けしょう》を呼んだ。

——火目式《ひめしき》が火目式を呼ぶ。

「もう、頭ん中ぐちゃぐちゃだ」

伊月《いつき》がそう言うと、佳乃《よしの》が床板の上を滑るように近づいてきた。

いきなり佳乃の両腕が伊月の頭に回される。

「なっ」

伊月の顔は佳乃の胸に押しつけられた。たおやかな手が伊月の髪《かみ》をなでる。

「なにするんだ!」

伊月はふりほどこうとするが、慣れない唐衣《からぎぬ》のせいでうまく身動きがとれない。

「どうしたのでしょうね？　なんだか今日は伊月さんが愛《いと》おしくてしかたありませんわ」

「ばか言うな。放せってば」

ようやく佳乃の腕から逃げ出すと、床の上をいざって距離をとる。

「頭は晴れましたかしら」

「晴れるわけないだろ」

「伊月さんはいつもそうして黙って考え事をなさってますのね。きっと火目に選ばれたら選ばれたで、同じようにむっつり物思いに耽《ふけ》ったのでしょうね」

——そうだろうか。

——そうかもしれない。

二人の言葉が途切《とぎ》れた沈黙《ちんもく》に、笛や笙《しょう》の音、謡《うた》いの声がかすかに聞こえてくる。佳乃が眉《まゆ》をひそめた。

「なにがめでたいのでしょう。宴《うたげ》など。恥ずかしい真似《まね》を」

「めでたくないのか。新しい火目が登楼《とうろう》したんだ」

「伊月さんまでそんなことを」

佳乃は大げさにため息をついた。

「護国《ごこく》を巫女《みこ》一人に押しつけたら、あとは夜通し酒宴《しゅえん》で浮かれるなんて。虫酸《むしず》が走りますわ」

なぜ佳乃はこれほど火目に対して怒りをあらわにするのだろう、と伊月は思う。否、火目に対してではなく——火目を護《まも》りの要《かなめ》に据《す》える、この国の仕組みに対して。

「……佳乃はやっぱり、火目になるつもりはなかったの?」

「ええ」

ではなぜ火垂苑《ほたるえん》に来たのか、と伊月は思う。

そこで、あのひょろりとして陰鬱《いんうつ》な瓜実顔《うりざねがお》を思い出す。

「ああ、弓削《ゆげ》のお父上に——弘兼《ひろかね》殿に言われて」

「その名は聞きとうございませぬ」

佳乃の、とげとげしい声が響《ひび》いた。

伊月《いつき》は言葉に詰まって、佳乃《よしの》の冷ややかな横顔を見つめる。

「あの男の名は、言わないでください」

あの男。

それはあのとき、水場《みずば》で、憎悪《ぞうお》をむき出しにした佳乃の口にした言葉。

佳乃の目は、もちろん布に隠《かく》されていて見えない。

けれど、伊月はそのとき、見た。

佳乃の目に光る狂暴《きょうぼう》な火――

蜘蛛《くも》の眼《め》。

蜥蜴《とかげ》の眼。

「わたくしの目を潰《つぶ》したのは、あの男です」

*

暗闇《くらやみ》の中で目を覚ました。

寝間着《ねまき》が汗でじっとりと濡《ぬ》れているのがわかる。

布団《ふとん》をむしり取る。今年は梅雨《つゆ》が遅れているせいか、六月だというのに蒸し暑い。

季節柄《がら》、まだ蚊《か》が出ないので、廊下の戸は開け放ってある。簾《すだれ》ごしにわずかな月明かりが庭を照らしているのが見えた。虫の声は途絶《とだ》えている。

――いやな時間に目が覚めてしまった。

となりの局《つぼね》で眠っているはずの佳乃のことを思う。

あれから佳乃は、伊月がなにか問いかけようとした空気を察して、そそくさと出ていってしまった。

――あのあと、ひっつかまえてでも、もっと話を聞けばよかった。

別れ際の佳乃の言葉がまだぐるぐる頭の中を回っている。

「……なんだよ、おい。なんなんだ」

つぶやきながら、伊月は枕《まくら》を何度も殴《なぐ》る。

ふと――

廊下に気配を覚えた。

足音、というほどはっきりしたものではないが、たしかにだれかが廊下に出たのがわかった。

――となりの部屋から……

――佳乃？

そろそろと布団を抜け出して、廊下に顔を出した。

西の渡殿《わたどの》へと続く廊下に、人影《ひとかげ》が見えた。たちまち柱の陰に隠れて見えなくなってしまう。

長い黒髪《くろかみ》。女だ。

背筋《せすじ》がぞくりとした。

——佳乃《よしの》だ。

——あれは佳乃だ。

——こんな夜更《よふ》けにどこに？

気づくと、伊月《いつき》も部屋を出ていた。足音を忍ばせ、渡殿《わたどの》へ進む。汗のしみた寝間着《ねまき》が急に冷たく感じられるようになってきた。

中庭を左手にした渡殿で、前を行く人影《ひとかげ》がふと消えた。

茂みがさつく音がする。

——庭に降りたのか。

伊月は裸足《はだし》である。

渡殿の手すりに手をついて、しばらくためらう。

人影は庭を斜めに横切り、まっすぐに烽火楼《ほうかろう》へと向かっている。動いているものはその人影と、烽火楼の頂《いただき》に燃える青い火だけだ。

まったくの静寂《せいじゃく》である。

決心し、手すりを乗り越えた。冷たい土の上に着地する。

このまま追いかけると、見つかってしまうかもしれない。そう思った伊月は、曲がり殿の壁と植え込みの間を身を低くして歩き出す。

――ここそ尾《つ》けたりせず、声をかければいいんじゃないか。

――いや……

――このまま、なにも見なかったことにして、布団《ふとん》をかぶってさっさと寝てしまうべきなんじゃないか？

そんなことを考えながらも、伊月はけっきょく隠《かく》れながら、佳乃とおぼしき人影を追う。言葉にはできないが、ひどく嫌な予感が身体《からだ》にまとわりついて、部屋に戻るのも、声をかけるのもためらわれた。

人影は、烽火楼の向こう側に回った。

――烽火楼だけは不寝番《ふしんばん》がいたはずだ。

あちら側に楼の入り口があり、そこには兵衛《ひょうえ》が二人、寝ずの番を続けている。その兵衛に見つかって騒ぎになるのではないか。

伊月は足を止め、茂みの中で様子《ようす》をうかがった。

と――

伊月が凝視《ぎょうし》する烽火楼の陰で、光が閃《ひらめ》いた。二度、三度。

それから、うめき声。

――うめき声？

伊月は茂みを飛び出し、走り出した。

——なにがあった?

櫓《やぐら》の影に入るなり、肉の焦《こ》げた強烈なにおいが襲《おそ》ってきた。吐き気がこみあげてくる。

口を手で押さえながら、烽火楼《ほうかろう》の表《おもて》に回り込んだ。

篝火《かがりび》が倒れ、燃えさしが土の上に散乱してちらちらと燃えている。

倒れているのは篝火だけではなかった。

黒く大きなものが、土の上に横たわっている。

ひとつ。ふたつ。

煙がくすぶっている。

——これは。

においの元はそれだ。

ぎい、と音がした。

はっとして顔をあげると、烽火楼の両開きの扉が少しだけ開いている。いかめしい錠前《じょうまえ》は——ねじ切られて——ぶらさがっている。

伊月《いつき》は少しだけ迷ってから、扉を開いた。

暗闇《くらやみ》の中に、おぼろに白い人影《ひとかげ》が浮かび上がっている。

「——佳乃《よしの》」

伊月の声に、振り向いた。

目に巻かれている布のせいで、最初まるでのっぺらぼうに見えたが、それはたしかに佳乃だった。

「おまえ、なに……してるんだ。禁処《きんじょ》だぞ。それに」

「やっぱり伊月さんだったのですね。ちょうどよかった。伊月さんにも、烽火楼を見せておきたかったのですよ」

佳乃は口だけで笑う。

伊月の頭の中で大量の言葉が渦《うず》を巻く。

なにを言っていいのかわからない。

なにから言っていいのかがわからない。

「面白い建物でしょう? 今のわたくしには見えませんけれど、声の響《ひび》き方でわかりますわ。ずうっと上まで中空《ちゆうくう》なのですね」

佳乃につられて、伊月も上を仰ぐ。

烽火楼は五角錐《ごかくすい》型のがらんどうの塔《とう》だ。五面の木壁《もくへき》で囲まれた空間は上にいくにつれてすぼまり、闇《やみ》と同化している。中央には、大のおとなが三人手をつないでようやく一周できそうなほど太い木柱《もくちゆう》がそびえている。

梯子《はしご》が、その柱の正面に取り付けてあった。

「さ、まいりましょう」

衣の裾《すそ》をひるがえし、佳乃《よしの》は梯子《はしご》に手をかけた。

白い後ろ姿は柱のおもてをするすると登っていき、たちまち闇《やみ》に隠《かく》れてしまう。

「ま、待って」

伊月《いつき》もあわてて梯子にとりついた。

彫った木を嚙《か》みあわせて木釘《きくぎ》でとめたしっかりとした梯子だったが、いちどきに二人が登っているとやはり揺れがひどい。眼下の床はすぐに見えなくなり、暗闇《くらやみ》の中に木材の軋《きし》みと自分の荒い吐息だけが取り残され、伊月はひどく不安になった。

何段かおきに、周囲の壁に切られた明かり取りの窓が下へと行き過ぎるのを見て、なんとか自分は上へ登っているのだと言い聞かせることができる。

伊月は下のことを考えるのをやめた。

目を凝《こ》らすと、ずっと上の方で佳乃の寝間着《ねまき》の裾と黒髪《くろかみ》が揺れているのがわかる。

――この上に、火目《ひめ》がいる。

――佳乃は一体、なにをするつもりなんだろう。

――なぜ……

――なぜわたしも登っているんだろう。

見つかれば厳罰《げんばつ》は免《まぬが》れ得ない。

大声で人を呼べばよかったのだ。あの――入り口に転がっているものを発見した時点で。

なぜそうしない。

なぜ。

――それは。

行く手になにかが迫ってきた。

闇の中からじわりじわりとにじみ出てくるような存在感。

――天井？

――梯子が、尽きる。

五角形の天井が見える。その手前に、柱の左右から張り出した細長い足場があった。

佳乃がその足場から伊月を見下ろしている。否、見えてはいないのだが、伊月が足場のすぐそばまで登ってくると、察して手を伸べた。

「気をつけてください、狭いので」

目が見えていない佳乃の方こそ気をつけろと言いたかったが、たしかに足場は狭く、梯子も足場に達したところで切れていた。伊月は柱に抱きつくようにして足場に飛び移った。さすがに足が震える。

「戸口は……どこでしょう」

佳乃は立ち上がり、天井を見えぬ目で探る。足場と天井とは、ちょうど佳乃の背丈《せたけ》ほどしか離れていなかった。

「ありましたわ」

柱から二《に》、三歩《さんぽ》離れたところで、佳乃《よしの》が天井をまさぐっている。

明かり取りの窓からのかすかな月光で、伊月《いつき》にもそれが見えた。重厚《じゅうこう》な真四角の鉄板が天井にはめこんである。表面にはなにやら複雑な文様《もんよう》が彫り込まれているようだが、暗くてわからない。

「あら、これは。封印《ふういん》ですね」

伊月もそばに寄ってみた。

鉄板と見えたものは、片開きの戸であった。

佳乃の言う通り、蝶番《ちょうつがい》の逆側——錠前《じょうまえ》を隠《かく》すようにして、黄ばんだ札が貼《は》り付けられている。かなり古いものらしく、朱書《しゅが》きとおぼしき文字はかすれていて読めなかった。

伊月はふと、それに思い至る。

「——どうして」

「はい？」

「どうして、封印がしてあるんだ」

紙の古さからして、昨日今日に貼られたものではない。どうみても年《ねん》単位の時が経《た》っている。

つまり、ここ数年、鉄戸《かなど》は開いていないということだ。

「火目《ひめ》が——この上にいるんだろ。食い物とか、どうやって運び入れてるんだ」

「ああ、それは」

佳乃は札を引きむしると、手で丸めて捨てた。くしゃくしゃになった紙は足場の下に溜《た》まった闇《やみ》にたちまち没して消えた。

「火目は食事なんてしませんもの」

声は、ひどく可笑《おか》しそうだ。

「この戸は、当代が登楼《とうろう》した日以来、だれも開けていません」

――食事をしない？

――どういうことだ。

佳乃の白く細い手が、鉄戸の端《はし》にかけられた。

そのとき、不意に伊月の脇腹《わきばら》が熱くなった。うめき声をもらし、危うく足場から足を踏み外しかける。柱に手をついて、なんとかこらえた。

鈍い音がして、足場が揺れた。

佳乃の足下に、光るものが落ちている。

赤熱《せきねつ》した――錠前だ。

伊月は息を呑む。

――火目式《しき》の力で、融《と》かしたのか。

伊月の火目式は、佳乃のそれに共鳴したのだ。

——そんな、

——そんなばかな真似《まね》は、そんな真似は化生《けしょう》にだってできない。

金属と木材がこすれあう嫌な音がした。

足場に細かい木屑《きくず》がばらばらと降ってきた。埃《ほこり》のいがらっぽいにおいが漂う。

首を絞《し》められた鴉《からす》のような声をたてて、鉄戸《かなど》がおりた。

佳乃《よしの》はばっくりと口を開けた四角い穴のふちに手をかけると、戸の内側に足をかけてひょいと天井に消えた。

伊月《いつき》は、しばらく動けない。

——この上に。

——火目《ひめ》がいる。

「どうされたのです？」

佳乃の声がくぐもって響《ひび》く。

「伊月さんは、答えを知るために来たんでしょう？」

はっとする。

——そうなのだろうか。

——わたしは、見たかったのだろうか。

――この上にある、見てはいけないものを。

――火目式《しき》が火目式を呼び、火目式が化生を誘い、化生と火目式がともに火をもたらす歪《ゆが》み。

――その答え。

伊月は戸に近づいた。

穴のふちをつかむと、足場を蹴《け》って跳び上がった。

五角形の部屋だった。部屋の真ん中には床を貫《つらぬ》いて円柱《えんちゅう》がそそり立っており、低い天井を支えている。壁には矢窓《やまど》のような縦長《たてなが》の隙間《すきま》が短い間隔《かんかく》でずらりと並んでおり、部屋の中が見渡せるほどには月明かりが入ってきている。

二人が入ってきた床の下ろし戸、そして柱。

他にはなにもない――否、柱を挟んで部屋の反対側に、急な傾斜の階段が見えた。

「ここは……？」

「ただの合間の部屋ですわ。燻浄《くんじょう》の儀《ぎ》の折には、ここに大量の青草を敷き詰めるとのことです。窓が多いでしょう。それに……天井にも穴があるとか。見えますか」

見上げた。

よくわからないが、柱を中心に放射状に黒い切れ込みがいくつも走っている。あれが穴なのだろうか。

「火目はこの上の天台《てんだい》にいらっしゃいます」

佳乃《よしの》は柱を迂回《うかい》して階段に向かった。

「ま、待て、みだりに火目《ひめ》に近づくと灼《や》き殺されるぞ」

口伝《くでん》の禁忌《きんき》ではあったが、火目ほどの力であれば禁を犯した者を灼き殺しても不思議《ふしぎ》ではない。しかし、佳乃は振り向いて笑うと、階段をのぼった。

「ああ、ここにも封印《ふういん》が」

階段は天井に突き当たっているのだが、そこに先ほどの鉄戸《かなど》と同じような開き戸があった。ただし、こちらは上に押すもののようだ。やはり、古い札で封がしてある。

「烽火楼《ほうかろう》は火目を祀《まつ》る場所であるというより、火目を封じ込める場所なのですね」

「どういう……ことだ」

「伊月《いつき》さんにも、もう、その意味はわかっていますでしょう」

佳乃の手が封印の札を引きちぎる。

その指が錠前《じょうまえ》に触れた。

火花が散る。

錠前は赤く灼けた鉄の塊《かたまり》となり、とろけ、解き放たれ、ぼたりと階段に落ちた。木の焦《こ》げるにおいが広がる。

佳乃の細い腕が戸を持ち上げた。

冷えた風が入り込んでくる。

この上は——吹きさらしの天台《てんだい》なのだ。

——火目がいる。

天台の天井は高く、六本の柱——中央のそれと、五角形それぞれの頂点にあたる支柱——によって支えられていた。

壁はない。ちょうどあずまやのような造りになっており、まわりには澄んだ夜空が広がっている。佳乃の長い黒髪《くろかみ》は夜風になぶられ、はためいている。

伊月の目は、中央の柱に釘付《くぎづ》けになる。

奇怪《きかい》なものが、柱に鎖《くさり》で縛《しば》り付けられていた。

頭と、二本の腕を持ち、二本の足がかろうじて胴《どう》を支えている。

左手に握られているのは、丹塗《にぬ》りの弓——火渡《ひわたり》だ。

それを人と呼ぶのはためらわれた。

肌《はだ》は干《ひ》からびて、月光の下に黒ずんだ不気味《ぶきみ》な色をさらしている。肉はほとんど残っておらず、骨の輪郭《りんかく》がくっきりと見て取れる。髪の毛も一本残らず抜け落ち、うつむいた眼窩《がんか》の奥には闇《やみ》ばかりが溜《た》まっている。

かつては色彩《しきさい》豊かな衣だったらしきものの残骸《ざんがい》が、焼け焦げ、色あせ、腰や首にわずかに張り付いている。

まったく生気《せいき》の感じられないその骸《むくろ》の胸に、青白く爛々《らんらん》と光るものが見えた。

五つ星——火目式《ひめしき》。

「……なんだ……これ」

伊月《いつき》の声はかすれている。

「当代正護役《せいごやく》——火目ですわ」

佳乃《よしの》がつぶやく。

「死んで……る……のか」

「死んでいる——とは言えないでしょうけれど、生きている、とも、言えませんわね」

佳乃は一歩、また一歩、鎖《くさり》で束縛《そくばく》された火目に近づく。

「燻浄《くんじょう》の儀《ぎ》のこと——お話ししましたね。大量の青草を焚《た》いて烽火楼《ほうかろう》を清めると。そのとき、火目となる御明《みあ》かしはすでにここに縛《しば》り付けられています」

——燻《いぶ》り殺すのか。

伊月はその光景をありありと思い描く。

天台《てんだい》に満ち、肺を焼く白煙《はくえん》。

「なんで。なんでこんな」

「人の子では、灼箭《しゃくせん》が体得《たいとく》できぬからです。身体《からだ》を清いままに、生命だけを燻り出します。そこに――観宮呼火命《あきのみやよびのみこと》の御霊《みたま》が入り込むのです」

そうして――人は火目となる。

「だから、明日、常和《ときわ》さんは、死にます」

――死ぬ。

――常和は死ぬ。

――常和は、殺される。

伊月の唇は震えていた。

言葉を間違ったとたんに、抑えていたものが一斉《いっせい》に噴《ふ》き出てしまいそうだ。自分がどうなるかわからない。すぐそこから飛び降りてしまうかもしれない。佳乃を殴《なぐ》り倒してしまうかもしれない。

「佳乃は、それを、知って、た、のか」

「ええ。ずっと昔から」

――なぜ。

――これは、い、い、、、忌み事だ。

――絶対に、絶対に知られてはいけないことだ。

「わたくしには、視《み》ることができましたもの」

佳乃は振り向いた。

目を覆《おお》い隠《かく》していた布がほどけ、顔を滑り落ち、風に巻かれて髪《かみ》にからみつく。

伊月《いつき》がはじめて見る佳乃《よしの》の両眼《りょうめ》は——青く光っていた。

「わたくしが火垂苑《ほたるえん》に入った理由を、まだお話ししていませんでしたわね？」

笑っている。

佳乃は笑っている。

青白く燃える両眼が、笑っている。

「わたくしは、眼の治療を受けるために内裏《だいり》に入ったのです。皇宮《こうぐう》には、門外不出《もんがいふしゅつ》の薬師《くすし》がおりますから。火目《ひめ》になるつもりは、毛ほどもございませんでした」

「眼の……治療？」

「あの男は、わたくしが言いなりに火目を目指しているのだと思い込んでいるのでしょう。実は眼が完治したと知ったら——どんな間抜《まぬ》けな顔をするのでしょうね？」

佳乃はくつくつと肩を揺らせて笑う。

——あの男。

——弓削弘兼《ゆげのひろかね》のことか。

「なんで、弘兼は、眼を……？」

「わたくしの式が、強すぎたから——でしょう」

佳乃は後ろ髪をかきあげた。

「わかりませんか？　これは——火目式《しき》です」

大きくねじった佳乃の側頭部《そくとう》、耳の後ろに、青白い光点が燃えている。その両眼と同じ、青い光が。

「わたくしには見えませんけれど、左耳と、うなじにも、それぞれあります」

両眼。

両耳。

首の真後ろ。

五角の星——火目式。

「力の過ぎたわたくしを恐れたあの男が、草虫潰《つぶ》しの薬を七日七晩すりこみ続けて、わたくしの光を奪いました。七つのときです。でも、わたくしが燻浄《くんじょう》の儀《ぎ》を視《み》たのは、六つの頃。だから、見えました」

——見えた。

——なにが？

「悶《もだ》え死んでいく当代正護役《せいごやく》も」

白煙《はくえん》に押し包まれ、呼吸を絶たれ——

「そこに降りてくる御霊《みたま》も」

神に身体《からだ》を奪われ——

「この眼《め》で、視《み》ました」

佳乃《よしの》の両眼《りょうめ》の炎《ほのお》がいっそうぎらつく。

伊月《いつき》は、後ずさった。

全身が総毛立《そうけだ》っている。

——これは。

——これは、人じゃない。

——化け物だ。

「ねえ、伊月さん」

佳乃の声がねっとりと耳に流れ込んでくる。

「床をご覧《らん》なさいな」

そう言われても、伊月は佳乃の顔から目を離すことができない。

「火目《ひめ》を取り巻いている紋様《もんよう》、わかりますか？　……火鎮《ひしず》めの印《いん》ですわ」

なにを言っているのかすらわからず、伊月はただ首を何度も横に振る。

「火目は祀《まつ》られているのではありません。封じられているのです。伊月さんにもわかっているはずです。火目式《しき》が化生《けしょう》を呼び、火目と化生がともに火を纏《まと》うことの意味を」

「……やめろ。言うな」

「火目と化生には——同じ血が、、、、、流れて、、、いるのです。だから」

不意に、夜空に朱《しゅ》が走った。

伊月ははっとして四方《しほう》を見渡す。

闇《やみ》に沈む格子《こうし》状の街――それを蝕《むしば》む炎の色。

都が燃えている。

暗闇《くらやみ》の中、四道四京《しどうしきょう》のそこかしこから火の手があがり、吹きすさぶ風に乗って、見てわかるほどの歩みの速さで家々を呑み込みながら広がっていく。

佳乃の声が響《ひび》く。

「だから、こんな都は、灰になればいいのです」

伊月は佳乃に詰め寄り、寝間着《ねまき》の襟《えり》をねじりあげた。青く燃える瞳がすぐそこにある。しかし、恐怖はすでにない。炎が伊月の中のおびえを一瞬にして焼き尽くしていた。

「おまえ、なにをした！」

伊月は佳乃の首をぎりぎりと絞《し》め上げる。が、佳乃は答えず、笑うだけだ。

と――

背後で、なにかが軋《きし》むすさまじく耳障《みみざわ》りな音が響いた。

振り向く。

火目《ひめ》の縛《しば》り付けられた柱が、みしみしと音を立てて動いている。

柱が回転しているのだ。

ゆっくりと、火目がその向きを転じる。

伊月《いつき》の脇腹《わきばら》、火目式《しき》が過熱《かねつ》する。

「……ッ」

声を漏らし、佳乃《よしの》をつかんでいた手を離してしまう。

火目の頭が持ち上がった。胸の五つ星がひときわ明るく燃え、骨と皮ばかりの両手が、弓と弓弦《ゆづる》を力強く引き分ける。矢があるべき左右の手の間に、真っ赤な光の筋がぼうっと浮き上がる。その光の中、なお色濃い光の塊《かたまり》が生まれ、凝固《ぎょうこ》し、やがて矢の形へと具現化《ぐげんか》する。光は目に焼きつくほどに強さを増し、なお強さを増し——

気が遠くなるほどすさまじい鈴の音が天台《てんだい》に満ちた。

伊月はほとんど昏倒《こんとう》しそうになる。

放たれた矢は赤い光の尾を引き、鈴の音を連れて夜空を貫《つらぬ》く。

——鳴箭《めいせん》。

「おまえ」

伊月は、床にくずおれていた佳乃を引っぱり起こした。

「化生《けしょう》を呼んだなッ」

佳乃は身を二つに折り、声をあげて笑い出した。

「ええ！　ええ！　呼びましたわ！　千の赫舐《あかな》を！　万の白禰《しらね》を！　刃回《はまわ》を！　喰蔵《くらわ》を！　破《やぶ》國《くに》を！　この都をことごとく灰にして、民を一人残らず喰らい尽くして、森を焼き、河を干上《ひあ》がらせ、焦土《しょうど》に塩を撒《ま》き空の鳥と虫さえも塵《ちり》に変え、なお共に喰らい合うほどに多くの、わたくしの眷属《けんぞく》たちをッ！」

佳乃の両腕が伊月を突き飛ばした。細腕《ほそうで》からは想像もできない力で、支柱の一本に背中から激突《げきとつ》し、体中の空気が口から絞《しぼ》り出される。

歯を食いしばって背中の痛みをこらえながら、顔をあげる。

火目の身体《からだ》に歩み寄ろうとした佳乃の足が、床の火鎮《ひしず》めの紋様《もんよう》を横切ったとき、不意に火目の干からびた右手が跳ね上がり、佳乃に向かって掌《てのひら》が差し出された。

とたん、佳乃の身体が青い炎に包まれる。

「ッは！　これしきの火！」

佳乃が哄笑《こうしょう》した。纏《まと》う寝間着《ねまき》はじりじりと燃え上がっているのに、その髪《かみ》や肌《はだ》には炎《ほのお》がまるで触れていないようだ。

佳乃が火目に向かって手を伸ばした。

なにかが折れる、致命《ちめい》的な音が響《ひび》いた。

中央の柱に寄って立つ佳乃の手に、火渡《ひわたり》の弓が握られている。

否——弓そのものではない。

佳乃《よしの》が握っているのは、干《ひ》からびた腕だ。

弓を握りしめたままの、火目《ひめ》の左腕だ。

——もぎ取ったのか。

——なんてことを。

「わたくしの呼んだあの子たちを、灼箭《しゃくせん》で灼《や》かれるわけにはまいりませんわ」

ふふ、と佳乃は笑う。佳乃を灼こうとしていた火目の炎《ほのお》はすでにかき消えている。

手に持った腕と弓を、無造作《むぞうさ》に床に投げ捨てた。

「ねえ、伊月《いつき》さん」

伊月に背を向けたまま、佳乃が言う。

「きれいでしょう? 炎って」

伊月は柱に背中をこすりつけながら、立ち上がる。

「あなたにも、この血は流れていますわ」

佳乃が振り向いた。

両眼《りょうめ》の炎が消えている。

黒く、深い瞳に、伊月の顔が映っている。

「わたくしと一緒にまいりましょう」

佳乃《よしの》の声は、甘く。

「火の血を引く者を贄《にえ》にして、火の血を退《しりぞ》け、人が生き延びる。こんな国は間違っています。人など、滅びてしまえばいい」

優しく。

「わたくしも、伊月《いつき》さんも、あの子たちと同じように、人を喰う側に、なればいい」

佳乃が、一歩、また一歩、近づいてくる。

その両の瞳は、濡《ぬ》れている。

「わたくしと一緒に、まいりましょう」

佳乃の唇が――

「伊月。その者から離れよ」

不意に、声がした。

跳び退《の》いたのは佳乃の方だった。伊月にできたのは、声のした方を向くことだけだ。

開け放たれた床の鉄戸《かなど》の前に、抜き身の太刀《たち》を構えた童子《どうじ》が立っていた。

白装束《しろしょうぞく》に身を包み、長髪は火護《ひもり》の紅《あか》い紐《ひも》で高く結い上げている。

眼には怒りの色があった。

「遅うございましたわね。豊日殿《とよひ》」

佳乃は天台《てんだい》の際に立ち、柱に手をかけて笑みを浮かべている。

「まあ」

豊日を見つめるその眼《め》を細めた。

「この目でご尊顔《そんがん》を拝するのははじめてですけれど」

せせら笑いだ。伊月にはわかる。

「あなたも——やはり人ではなかったのですね」

豊日はなにも答えない。

佳乃は手の甲《こう》で口を押さえて笑う。

「神人《かみびと》たる帝《みかど》にしては、魯鈍《ろどん》ですこと」

「否やは言えぬな。お前様の正体に気づけなんだは、わしの手抜かりじゃ」

鉄戸から、もう一人、二人、人影《ひとかげ》が天台へと上がってきた。火護衆《しゅう》ではない。帯刀《たいとう》してはいるが兵部《ひょうぶ》の者でも刑部《ぎょうぶ》の者でもない。神祇官《じんぎかん》だ。

「む、むう」

腕をちぎられた火目《ひめ》を目にして、神祇官の一人がうなる。

「主上《しゅじょう》、こ、これは。正護役《せいご》の御腕《おうで》が」

「黙っておれ」

豊日《とよひ》の頭が、す、と沈んだ。

「──やめて！」

伊月《いつき》は思わず叫んでいた。しかし豊日はまったくためらわず、佳乃《よしの》までの四歩の間合いを一息で詰めた。伊月の目の前を白い風が吹き過ぎる。

佳乃の身体《からだ》が、天台のふちを蹴《け》って虚空《こくう》に舞った。

太刀先《たちさき》が空を斬《き》る。

佳乃はしばらく宙にとどまっているように伊月には思えた。

その手が、伊月に向かって差し伸べられる。

長い黒髪《くろかみ》が翼《つばさ》のように広がり──

時が動き出す。

佳乃の姿は闇《やみ》に没した。

甲高《かんだか》い笑い声が、下へ、下へと遠ざかっていく。

「捕らえよッ逃がすなッ！」

豊日が叫んだ。階下がざわめきたつ。大勢の足音、怒声《どせい》、鉾《ほこ》や刀のぶつかり合う音。

「神祇官《じんぎかん》」

豊日は後ろに控える二人を振り返った。

「燻浄《くんじよう》の儀《ぎ》の準備を」

「は」

「急げ」

「はッ」

神祇官は鉄戸《かなど》の下に消えた。

沈黙《ちんもく》がやってくる。

なお強まる風の音に、火目《ひめ》をしばりつけた柱が虚《むな》しく空回《から》る音が重なる。

豊日はじっと、佳乃が飛び降りた先の暗闇《くらやみ》をにらんでいた。

やがて、太刀《たち》を鞘《さや》におさめ、伊月の方を向く。

「伊月――」

「あれはほんとか」

豊日の声を遮《さえぎ》って、訊《たず》ねる。

豊日は険しい目つきのまま、首を少しだけ傾《かし》げる。

「火目と、化生《けしょう》が、同じものだと」

答えはない。

どんな言葉よりも雄弁《ゆうべん》な沈黙がわだかまる。

――『燻浄の儀の準備を』

――そう言った。

「常和《ときわ》を殺すのか」

答えはない。

「常和を燻《いぶ》り殺して、次の火目《ひめ》にするのか」

豊日《とよひ》の視線はじっと伊月の顔に注《そそ》がれている。

「答えろッ」

「そうじゃ」

豊日は、背後の柱を振り仰いだ。

鎖《くさり》で縛《しば》り付けられた、干《ひ》からびた骸《むくろ》が、なお背丈《せたけ》の低い童子《どうじ》を見下ろしている。

「この柱に常和を鎖でがんじがらめにして、薬をかがせ、火鎮《ひしず》めの札とともに青草を焚《た》き、燻《くん》浄《じょう》する。この国は」

――『こんな国は』

「そうやって三百年、守られてきた」

――『間違っています』

「わたしを、火目にしろ」

伊月《いつき》は豊日の両肩をつかんだ。

「常和をなぜ殺す。わたしを選べばよかったじゃないか。わたしは、あの日、かかさまのかわりに喰われて死ぬべきだったんだ」

豊日は黙って、伊月の顔を冷ややかに見上げている。

「わたしを殺せ」

豊日は答えない。

「なんで常和なんだッ！　わたしを殺せッ」

「お前様よりも常和の方が優れた火目になれる。それだけじゃ」

手を振り払われた。

豊日の、抑揚《よくよう》のない声が静かに告げる。

「他に理由などない」

「ふざけるなッ」

炎《ほのお》が激しく逆巻《さかま》く音が聞こえる。木の爆《は》ぜる音も。人々の逃げまどう声も。

「常和は死んでいい子じゃない！　わたしをッ、わたしを火目にしろッ」

不意に潤《うる》んだ視界《しかい》の中、豊日の姿がぼやけて白い影になる。

「わたしをッ……」

白い影にしがみついた。

振り払われ、伊月は冷たい床に転がる。

きな臭《くさ》い風が天台《てんだい》を吹き抜けた。階下におりた神祇官《じんぎかん》の声が聞こえる。

「草を御楼《ごろう》に運び込め！」「滑車《かっしゃ》を！」「急げ！」

伊月《いつき》は弾《はじ》かれたように立ち上がり、床の戸を開けて中に飛び込んだ。


烽火楼《ほうかろう》を出てすぐ正面が、次代の火目《ひめ》の籠《こ》もる常寧殿《じょうねいでん》である。暗がりの中、白い小忌《おみ》衣《ごろも》姿に色とりどりの飾り紐《ひも》をつけた大勢の神祇官たちがすでに集まっており、積み上げられた草からはむっとする青臭いにおいが漂っていた。

神祇官たちを掻《か》き分け、伊月は常寧殿の扉に駆け寄る。後宮《こうきゅう》の他の殿とはまったく造りが違う重厚《じゅうこう》な両開きの扉には、烽火楼で見たのと同じ、朱書《しゅが》きの封印《ふういん》の札が貼《は》られている。

――祀《まつ》られているのではなく。

――封じられている。

「常和《ときわ》！」

木段《もくだん》を駆け上がり、扉を拳《こぶし》で叩《たた》きながら大声で呼んだ。

「伊月様、お控えくださりませ！」

左右から二人がかりで腕をつかまれ、扉から引きはがされる。

「常和！　聞こえてるか！　出ろ！」

「伊月様ッ」

神祇官の袖《そで》が伊月の口を遮《さえぎ》る。手足を振り回してもがきながら、伊月は扉に向かって叫び続ける。

「おまえ殺されるぞ！　出ろ！　出るんだ！」

「伊月様ッ忌《い》み事にござりますッ」

顔を鷲摑《わしづか》みにされ、伊月の言葉が途切《とぎ》れる。口をふさぐその手をむしりとってさらに叫んだ。

「火目は都の護《まも》り役なんかじゃない！　人形だ！　おまえは殺されるんだ！」


「いつきちゃん」


扉越しに聞こえてきた、幼い声。

伊月の全身から力が抜ける。扉に向かって伸ばした手が虚《むな》しく空《くう》を掻《か》き、後ろからのしかかってきた神祇官によって木段に押さえつけられてしまう。

「佳乃《よしの》ちゃん……行っちゃったんだね……？」

「佳乃、は」

「ここ、真っ暗だからね……いろんなものが、見えるの」

常和の声は、不気味《ぶきみ》なくらい落ち着いている。

「佳乃《よしの》ちゃん。泣いてた」

伊月《いつき》はぞっとした。

これは、ほんとうに常和なのか。常和《ときわ》の声をした、別のなにかなのではないのか。

「おまえ、——殺されるんだぞ」

「伊月様、慎《つつし》みなさりませ！　常和様も！」

わずらわしい神祇官《じんぎかん》の腕を振り払おうと伊月は身体《からだ》をねじる。

「うん。あのあと、豊《とよ》さまから聞いたよ。でも、平気。心配しないで。うち、煙いの慣れてるから」

「ばか、なに言ってるんだ！　おまえが死なななくたっていい、わたしが、わたしが火目《ひめ》に——」

「だって、うちのが強いよ」

伊月は絶句《ぜつく》する。

なぜ今さらそんなことを言う、そんなことはとっくにわかっている、そんな問題じゃない、そういった思いが膨《ふく》れ上がって喉《のど》につかえ、言葉が出てこない。

「いつきちゃんじゃ、佳乃ちゃん撃《う》てないよ。だから、これはうちの役目。ね？」

「な、なに偉そうなこと言ってるんだ、ばか！　ここ開けろ！」

「だめだよ、わがまま言っちゃ」

常和の声は、かすかに笑ってさえいる。

「ふざけるな、おまえ、おまえみたいなのが火目になってたまるか！　死ぬまでへらへら幸せそうに笑ってろッ！」

「いつきちゃんのばか！　なんでわかんないの！」

涙声《なみだごえ》が混じる。神祇官すら、呆気《あっけ》にとられ、伊月を押さえ込む腕の力を緩めている。

「いつきちゃんが死ぬの、見てるのなんて、いやだよ」

そのとき、伊月は腹部に烈《はげ》しい熱を覚え、床板に涎《よだれ》を散らしてうずくまった。火目式《しき》が脈打ち、融《と》けた鉄のような激情《げきじょう》が流れ込んでくる。

「……ぅうッ」

思わずうめき声が漏れる。

——これは……

——常和の。

常和が泣きじゃくっているのがわかった。

「言ったよね。いつきちゃんのこと、守るって」

扉越しに聞こえる声は震えてすらいない。けれど常和の心は、土砂《どしゃ》降りの雨の中で凍えている。

怖い。

暗い。

寒い。

会いたい。

戻りたい。

死にたくない。

死なせたくない――

「おまえ、ばか、なんで……」

常和《ときわ》の思いが絶え間なく、どくどくと流れ込んでくる。腹を突き破ってあふれ出てしまいそうなほどに。それが常和のものなのか、自分の心なのか、伊月《いつき》にはわからなくなる。

「うちは、大丈夫だから」

そう言って、常和の気配が扉から離れるのが感じられた。

「ずっと、楽しかった。いつきちゃんがほんとのお姉《ねえ》ちゃんだったら、よかったのにね」

「常和ッ！」

「また一緒にお風呂《ふろ》……入りたかったね。三人で」

火目式《ひめしき》の熱が唐突《とうとつ》に消えた。伊月は床に這《は》いつくばる。

「常和、おい常和！　ふざけるなおまえ！　常和！」

それきり沈黙《ちんもく》した扉に向かって、何度も叫ぶ。

「伊月様、静まりなされ！」

まとわりつく神祇官《じんぎかん》の腕をふりほどき、扉に飛びつき、封印《ふういん》の札をむしり取り、分厚い板戸《いたど》に拳《こぶし》を何度も何度も叩《たた》きつける。

「開けろ！　常和！」

すぐに人の手がからみついてくる。伊月は必死でもがいた。

と、肩をつかんだ何者かの腕が、すさまじい力で伊月の身体《からだ》をねじり、後ろに向けた。目の前に小さな白い人影《ひとかげ》が現れた——と認めるよりも早く、痛烈《つうれつ》な衝撃《しょうげき》が伊月のみぞおちを貫《つらぬ》く。

「カはッ……」

見下ろすと、童子《どうじ》の手に握られた太刀《たち》の柄《つか》が、伊月の胸の真ん中に深く深く食い込んでいる。

「……あ」

息ができなくなる。手足の感覚が消える。視界《しかい》が真っ白に染まっていく。溺《おぼ》れたように耳鳴りが伊月の意識を覆《おお》い尽くす。

「赦《ゆる》せ」

豊日《とよひ》の囁《ささや》き声を遠く聞きながら——

伊月は気を失った。

六　火目の巫女

それは、こんな夢だ。

空気は暖かな紅《あか》で染まっている。

一面の紅梅《こうばい》の花だ。どこまで目を凝《こ》らしても、紅色《べにいろ》の雲のような梅花《ばいか》と、それを支える老婆《ろうば》の指のような枝や幹しか見えない。

佳乃《よしの》が甘湯《あまゆ》を淹《い》れてくれたので、伊月《いつき》はそれを一口《ひとくち》する。

常和《ときわ》は団子《だんご》をついばんでいる。

下生《しもば》えの上に敷いた茣蓙《ござ》には、団子、水筒、干《ほ》し芋《いも》、くるみ、水菓《みずがし》——様々な甘味《かんみ》が広げられていた。

「たまにはこうしてのんびりするのも、良いですわ」

柄杓《ひしゃく》で甘湯をかき混ぜながら、佳乃が言う。

「うち、毎日でもいいなあ」

常和の言葉に、伊月は笑う。

「毎日こんなことしてたら、弓の引き方も忘れるぞ」

「弓？　弓って？」

常和が首を傾《かし》げる。伊月は驚いて訊《き》き返す。

「なに言ってるんだ？　おまえ」

常和はきょとんとしている。

「弓がどうかなさいましたの？」

佳乃にも言われる。

「武芸は殿方《とのがた》に任せておけばよろしいでしょうに」

「え？　ああ……」

——あれ？

——なんで弓なんて思いついたんだろう？

——まあ、いいや。

「伊月さん、どうなさったのですか？」

佳乃が伊月の顔をのぞきこむ。

その両眼《りょうめ》は、青白く燃えている。

燃えている。

そのとき——低いうなり声が聞こえた。

伊月は顔をあげ、慄然《りつぜん》とした。

喜色《きしょく》満面で柿《かき》を頬張《ほおば》る常和の背後に、いつの間にか、小山ほどもある黒い影がうずくまっている。鋼《はがね》のように黒光りする鱗《うろこ》の中で、濁《にご》った黄色い双眸《そうぼう》がぎらつく。開いた口は肩まで裂け、牙《きば》がぞろりとのぞく。

伊月《いつき》はなにかを叫ぼうとした。

声にはならなかった。

飛び散った血が伊月の頬《ほお》にまで降りかかった。

常和《ときわ》の胸から上はなくなっていた。肩を失った右腕が座布《ざふ》の上にごとりと転がった。赤にまみれた断面から血が勢いよく噴《ふ》き上がる。

「ゆっくり食べなさいね、赫舐《あかな》」

佳乃《よしの》が笑みを浮かべながら言った。

「あぁあああアアアッ」

喉《のど》から、自分の声とは思えない絶叫《ぜっきょう》がほとばしる。

気づくと、梅の木が見渡す限りすべて炎《ほのお》に巻かれている。否——それは最初から、梅の木などではなかった。ねじくれた枝にびっしりと火の華《はな》を宿したこの世ならぬ樹木であった。

火花が舞い落ちてくる。生木《なまき》の燃えるにおいで、伊月の胸は焼けつきそうになる。

「灰になればいいのです」

佳乃が笑う。

「きれいでしょう？　炎って」

佳乃が笑う。

「わたくしと一緒にまいりましょう」

佳乃が笑う。

佳乃が笑う。

佳乃が――

＊

伊月は飛び起きた。

全身がこわばっている。鼓動《こどう》がまるで頭のすぐ上で打ち鳴らされる鐘《かね》のように耳障《みみざわ》りに響《ひび》いている。息がうまくできない。

「ア、ア」

声を出そうとすると、奇妙《きみよう》な音が喉から漏れた。その上、激しくむせてしまう。胸から背中にかけてがきりきりと痛み、涙が出てきた。

しばらく時間を置いて、ようやくまともに呼吸ができるようになる。

肩で息をしながら、見回した。

燃える木も、化生《けしよう》も、どこにもなかった。

後宮《こうきゆう》の一室だ。戸はすべてぴったりと閉じられており、燭台《しよくだい》の火がぼんやりと壁に伊月の大きな影を投げている。

——なんて、ひどい夢……

炎《ほのお》に巻かれる光景は夢のはずだったが、なぜかあたりの空気はまだきな臭《くさ》いような気がした。

混乱している。

——どうしたんだっけ。

——寝間着《ねまき》のままだ。

——閨《ねや》から抜け出した佳乃《よしの》を、追いかけて……

——烽火楼《ほうかろう》。

戸が開く音がした。

振り向くと、白装束《しろしょうぞく》の童子《どうじ》が部屋に入ってくるところだった。

「気がついたか。うなされておったが、大丈夫か？」

「ああ、……うん」

伊月は豊日《とよひ》の顔をぼんやり見つめる。

「わたし、どれくらい……寝てた？」

「半刻《はんとき》ほどかの」

半刻。では、まだ夜は明けていまい。

夜——

夜の烽火楼。

腕をちぎられた火目《ひめ》の骸《むくろ》。

佳乃。

紙が墨《すみ》を吸い取るようにして、記憶《きおく》が少しずつ戻ってくる。

「佳乃……は？」

豊日は黙って、首を横に振った。

——おかしいな。夢からは覚めたはずなのに。

——なんでこんなに煙のにおいが。

伊月はふと、豊日の背後、開け放たれた戸の向こうに目をやる。部屋は外廊《がいろう》に面しており、蔀《しとみ》はあげられ、すぐ外が見えた。

夜はわずかに白んできている。

その清冽《せいれつ》な夜明けの兆《きざ》しを、汚しているものがある。

空の一角に立ち上がった、太い灰色の煙の柱だ。

豊日を突き飛ばして、伊月は庭に駆け出た。

——そんな。

なお暗い夜空にそびえる烽火楼の影。それが、濃い煙に包まれている。立ちのぼる灰煙《かいえん》は風のない夜へどくどくと吸い込まれていく。烽火楼のところどころから炎の光がちらちらと見える。

——常和《ときわ》。

烽火楼《ほうかろう》の頂《いただき》。煙にまみれて、なおはっきりと、青い炎《ほのお》がきらめいている。伊月《いつき》が最後に見た、頼りなく明滅《めいめつ》する炎ではない。生気《せいき》に満ちて、力強く脈動《みゃくどう》する炎だ。

背筋《せすじ》を悪寒《おかん》が這《は》いのぼる。

吐き気が止まらない。

それでも、新しく生まれた火目《ひめ》の炎から、伊月は目をそらすことができない。

「まだ寝ておったがよい」

無表情な豊日《とよひ》の声が背中に粘《ねば》りつく。

伊月は振り向いた。

童子《どうじ》は床に視線を落としている。

「常和を、殺したのか」

どす黒い声で伊月は言った。

「殺した」

聞いた瞬間、血がごうと音を立てて流れるのがわかった。伊月の身体《からだ》は勝手に跳ねとんで廊下に駆けあがり、豊日の襟首《えりくび》をつかんで、そのまま柱に叩《たた》きつけた。宮《みや》全体が揺れたような気がした。豊日はわずかに顔をしかめた。

「なぜ殺したッ」

豊日の頭を、柱に何度も何度も何度も何度もぶつける。

「都のためかッ！　国を守るためかッ！　この国がそんなに大事かッ！　女一人犠牲《ぎせい》にして、それでみんなが安穏《あんのん》と暮らせりゃそれでいいのかよッ！」

童子の細い首を絞《し》め上げ、柱に叩きつける。豊日の顔が涙でにじむ。それが豊日の涙なのか、自分のものなのか、それすら伊月にはわからない。

「なんとか言え！　国のためならッ大勢が救われるならッ！　常和一人は死んでいいのかッ！　あなただって、常和のことは好きだっただろッ！　それをッ殺したのかッ！　なんで！　なんでだ！　答えろッ！　答えろよッ！」


「国のためではない」


伊月は手を止めた。

豊日の、はかないほどに幼い顔が、すぐそこにある。

青ざめ、唇は紫《むらさき》に染まっている。

「国のためでは、ない。わしのためだ」

伊月は手を離した。

豊日《とよひ》の小さな身体《からだ》は、崩れ落ちそうになる。柱に後ろ手をついて、こらえた。

――自分の……ため？

「なに、を……」

「伊月《いつき》。わしがどう見える」

豊日は伊月を見上げている。

出会ったときは兄ほどの外見であった、いつの間にか背丈《せたけ》も追い越してしまった、その不思《ふし》議《ぎ》な童子《どうじ》の顔を伊月は見つめる。

「わしは――歳《とし》を取らぬ。いつの頃から生きているのか、憶《おぼ》えてもおらぬ。見よ」

横にのくと、豊日は腰の太刀《たち》を抜いた。

刃《やいば》を左腕に押しつける。

「なッ」

引いた。

白い肌《はだ》に赤い筋が現れ、血が太刀先《さき》から滴《したた》り落ちる。

と――

太刀を腕から離した瞬間、傷口を、鮮血《せんけつ》の色をしたあぶくが覆《おお》い尽くした。泡《あわ》は弾《はじ》けては生まれ、もぞもぞと動き回り、盛り上がり、広がり、細かくなり――やがて肌に吸い込まれて、消えてしまう。

豊日はわずかに残った血を指でぬぐった。その下から、なめらかな皮膚《ひふ》が現れる。

傷は、どこにもない。

伊月は口を押さえて、後ずさる。

――なんだ……今のは？

「わしは、お前様達とは、違う生き物じゃ。この通り、死ぬこともできぬ」

――『あなたも』

――『やはり人ではなかったのですね』

佳乃《よしの》の言葉だ。

豊日の太刀がぱちんと音を立てて鞘《さや》に収まる。

「人は皆わしを神人《かみびと》と呼んだ。わしを崇《あが》め奉《たてまつ》り、わしのために祠《ほこら》を建て、わしのために供物《そなえもの》を献《けん》じ、――そして時折《ときおり》現れる化生《けしょう》に喰われて次々と死んでいった。人はもろい」

豊日は空に視線を投じる。

烽火楼《ほうかろう》の煙よりもさらに彼方《かなた》を見ている。

「人は、もろい。わしを残してみな逝《い》ってしまう。その頃、人が化生を退《しりぞ》ける術《すべ》はなかった。ひとたび彼奴《きゃっ》らが現れれば、家を捨て、赤子《あかご》や姥《うば》を投げ置いて逃げ出すしかなかった。人は――いずれ滅びようとしていた。わしをひとり残して。わしは」

豊日は自虐《じぎゃく》的に微笑《ほほえ》む。

「ひとりになりとうなかった。だれとも言葉を交わせず、笑い合えず、千歳《ちとせ》、八千歳《やちとせ》、時をただ重ねるのは、いやじゃ」

だから——と豊日《とよひ》は息をつく。

その横顔《よこがお》は、今にも泣き出しそうに翳《かげ》っている。

「だからわしは、この国を造った」

豊日は振り向く。

潤《うる》んだ目。頼りない唇。小さな肩。

帝《みかど》ではない。神人《かみびと》でもない。ただの、幼い子供だ。

「人の女子《おなご》に時折《ときおり》混ざる化生《けしょう》の血。それを引き出し、神霊《しんれい》を降ろし、化生を討《う》ち滅ぼす仕組みを造った。都と村を守るため、火護衆《ひもりしゅう》を組み上げた。仕組みを束ねるため、八省《しょう》二十五寮《りょう》十二官位《かんい》を定めた。すべて」

——この国のすべてが。

「わしのためだ」

国のためでは、ない。

豊日はそう繰り返す。

「常和《ときわ》を気に入っていながら、なぜ殺したと問うたな」

伊月《いつき》の目に映る豊日の白い影は、涙でぐちゃぐちゃに歪《ゆが》んでいる。

「あれは、ういやつじゃった。屈託《くったく》なく、いつもころころ笑っておった」

「だったら。なん、で。なんで」

「わしがだれかを気に入っても、その者はいずれ必ずわしより先に老いさらばえ、死んでしまうではないか。人を愛《め》でるは――虚《むな》しい」

虚しい、虚しい。

豊日は何度もつぶやく。

「だから。御明《みあ》かしの一人にどれほど心を奪われても。その者が最も火目《ひめ》に近しいのであれば、わしはその者を燻《いぶ》り殺す」

わしのためだ。

豊日は繰り返す。

「恨《うら》むなら、わしを恨め」

伊月は、なにか答えようとした。

うう、という嗚咽《おえつ》混じりのかすれた声しか出てこない。

「赦《ゆる》せぬのなら――わしを殺せ」

豊日の細い腕が、再び太刀《たち》を引き抜き、それを伊月の目の前に差し出す。

「自分で幾度《いくど》も試したがな。無駄《むだ》じゃった。だれか、わしを殺す術《すべ》を持っているのであれば、わしは喜んで刃《やいば》に身を委《ゆだ》ねようぞ」

豊日《とよひ》は疲れきった笑いを浮かべて、太刀《たち》を鞘《さや》に戻す。
伊月《いつき》は、こらえきれなくなり、豊日の小さな身体《からだ》を抱きしめた。
腕にあらん限りの力をこめ、拳《こぶし》を豊日の背中に何度も打ちつける。
「なんで。なんでだよ。なんで。なんで……」
豊日の肩に顔を押しつけ、うわごとのように繰り返す。
白装束《しろしょうぞく》の肩口が涙で濡《ぬ》れていく。

——では、常和《ときわ》はわたしが殺したのか。
——わたしに力が足りなかったせいか。
——またわたしのせいで死なせたのか。

——どうすれば。
——どうすればよかったのだ。
——だれを引き裂けばいい。
——だれを憎めばいい。

——だれを……


不意に、豊日の体温が離れる。

「殺してくれぬのなら、わしは行く」

「……どこ、へ？」

「わしは火護衆《ひもりしゅう》《い》組頭領《とうりょう》じゃ。忘れたか。やるべきことが——ある」

結った黒髪《くろかみ》をひるがえし、豊日は廊下を歩み去った。

伊月はひとり残される。

空は白々としている。

——じきに、夜明けだ。

そのとき、烽火楼《ほうかろう》の頂《いただき》から、一筋《ひとすじ》の光が疾《はし》った。

甲高《かんだか》く澄んだ笛の音が、夜明け前の空に鳴り響《ひび》き、長く長く尾を引く。

——ああ。

目の奥が、かっと熱くなる。伊月は下唇《した》を噛《か》みしめてこらえた。

——常和の、鳴箭《めいせん》だ。

光の矢は、一筋、また一筋、少しずつ射角《しゃかく》を変えながら、幾度《いくど》も幾度も櫓《やぐら》の頂から夜の空へと飛び立つ。蛍《ほたる》のようだ。

常和《ときわ》の幼い笑顔と、天台《てんだい》で見た骨ばかりの骸《むくろ》の顔が重なる。

信じたくはなかった。烽火楼《ほうかろう》を包む黒煙《こくえん》と、火目《ひめ》の炎《ほのお》を見ただけで、常和が死んでしまったことなど信じたくなかった。

けれど、あれは。あの笛の音は、常和だ。聞き間違うはずもない。

常和は火目になった。もう二度と会えないのだ。

あの声も、笑い顔も、はしゃいだ仕草《しぐさ》も、ひとつ残らず奪われた。

あの櫓《やぐら》の頂《いただき》にあるのは、抜け殻《がら》だ。

もう戻らない。

「勝ち逃げじゃないか」

涙声《なみだごえ》でつぶやく。

「ばか。ばか。もっと話したいことが、いっぱいあったのに」


──『ええと、ごめんね？　いつきちゃん』

──『だって、うちが来てからいつきちゃんずっと怒ってるでしょ』

記憶《きおく》の中で、常和が答える。

伊月は冷たい廊下にうずくまった。膝頭《ひざがしら》に顔をうずめると、夜明けの空気は闇《やみ》に呑まれて、ただ鐘《かね》の音が虚《むな》しく響《ひび》くだけになる。

もう、なにもかもがどうでもよいような気がした。

佳乃の言う通りだ。こんな国はみんな燃えてしまえばいいのだ。都も宮《みや》も人もみな焼けて灰になってしまえばいい。

この国が常和を殺した。佳乃《よしの》を狂わせた。

みんな死んでしまえばいい。

残らず灰に――


鐘の音が聞こえた。


伊月はのろのろと頭を持ち上げた。

暗い空は炎の色を映している。そこに響く、重く太い鐘の音。ごく短い間を置いて、もうひとつ。またひとつ。

火護《ひもり》の鐘だ。

幾度《いくど》となく打ち鳴らされる鐘の残響《ざんきよう》が重なり合い、伊月の意識を揺さぶる。

――わたしは。

震える両膝《ひざ》を握りしめながら、柱に背中をこすりつけ、ゆっくりと伊月《いつき》は立ち上がる。

――わたしは、なにを考えていた？

火護衆《ひもりしゅう》は鉾《ほこ》と斧《おの》を手に、炎《ほのお》に侵された都を走り回っているだろう。

豊日《とよひ》もまた太刀《たち》を振るうため戦場に赴《おもむ》いた。

常和《ときわ》はあの寒々しい天台《てんだい》で、神霊《しんれい》の力を火目式《ひめしき》によってくみ出す機関となり、尽きることのない矢を放ち続けている。

――わたしは。

――後宮《こうきゅう》で、いじけているだけか。

――愚《おろ》かで。

――無力で。


『わたくしと一緒に、まいりましょう』

佳乃《よしの》はたしかにそう言った。

あのときの声が、もう一度聞こえたような気がした。

あの比類《ひるい》無き火の力を持つ佳乃が、伊月を連れて行こうとしたのは、なぜだろう。味方になるはずもない、敵になる力さえない、伊月を。

――『わたくしと一緒に、まいりましょう』

佳乃が呼んでいる。
炎の向こう側から伊月を呼んでいる。
佳乃の呼ぶ声が、脇腹《わきばら》の五つの刻印《こくいん》から、伊月の中に流れ込んでくる。
――行こう。
――佳乃を、止めなくちゃ。

*

巽京《たつみきよう》――大内裏《だいだいり》の南東部、矢作大路《やはぎおおじ》で伊月は馬を乗り捨てた。牛車《ぎつしや》が三台すれ違えるほども広い街路だが、大火《たいか》にあぶり出されて逃げまどう都人《みやこびと》でごった返している。とても馬では進めない。

火はすぐそこの坊まで広がっていた。強さを増す風に巻き上げられた火の粉《ひこ》が、伊月の肩にも降ってくる。あかあかとした炎の色が、町を浸《ひた》していた夜を乱暴にほじくり返していく。

「六条《ろくじょう》の屋敷《やしき》に大猿《おおざる》の化け物が」

「恐ろしや」

家財《かざい》を背負って逃げまどう人々の間から、そんな声が聞こえる。

「北へ真っ赤な鳥が何羽も飛んだと」

「狐《きつね》に触られて焼き殺されたのが大勢おるぞ」

「ひぃ」

「都もおしまいじゃ」

人の流れに逆らって、伊月《いつき》は火勢《かせい》の激しい方へと走る。どこへ向かっているのかはわからない。佳乃《よしの》の呼ぶ声のままに進むだけだ。

内裏《だいり》を出るときに巫女《みこ》装束《しょうぞく》に着替え、ついでに弓と矢筒《やづつ》も持ってきたのだが、早くも伊月は後悔《こうかい》し始めていた。混乱のさなかを逆行するのに、弓矢はひどく邪魔《じゃま》だった。

——寝間着《ねまき》のままでとっとと飛び出してくればよかった。

——弓なんて、わたしの弓なんて、なんの役にも立たないのに。

群衆の中に、白《しろ》装束と緋色《ひいろ》の腰紐《こしひも》が見えた。

「五条大路《ごじょうおおじ》に逃げるのだ！　急がずとも化生《けしょう》はまだこちらには来ておらぬ！　子供は背負っていけ！」

火護衆《ひもりしゅう》、年若い斧衆《よきしゅう》だ。声を嗄《か》らして叫んでいる。

特に人の多い都では、化生よりも火災で煽《あお》られた民の恐慌《きょうこう》こそが真に恐ろしいと常々豊日《とよひ》は言っていた。

だから、火と人心《じんしん》を鎮《しず》めるために、斧衆がいる。

鉾衆《ほこしゅう》のように化生と直《じか》に相対《あいたい》するのではなくとも——あの者たちもまた、戦っているのだ。

そう伊月は思う。

「おい、そっちに行くな、火に巻かれるぞ！」

斧衆の脇を駆け抜けようとしたとき、腕をつかまれた。

「《い》組の者だ、豊日殿の命を受けてる！」

伊月はとっさに嘘《うそ》をついた。あれこれ説明しているひまはない。

「豊日殿の？……し、しかし」

若い斧衆は戸惑《とまど》う。

「急いでるんだ、放せ！」

そのとき——

爆発音が轟《とどろ》き、大地を震わせた。

伊月と斧衆の男は同時にそちらに目をやる。粉塵《ふんじん》混じりの熱い風が強く顔に吹きつけてきて、思わず腕で頭をかばった。

暗天《あんてん》に巨大な火柱《ひばしら》が屹立《きつりつ》していた。夜を朱《あけ》に染めながら、火柱は見る間に砕け、無数の炎の塊《かたまり》となって散り、巽京《たつみきよう》一帯に降り注《そそ》ぐ。

「なんだありゃあ……」

斧衆《よきしゆう》がうめいた。声が震えている。

逃げる途中だった人々すら、立ち止まり、真夜中の太陽の如《ごと》き凄絶《せいぜつ》な炎《ほのお》に目を奪われている。

――佳乃《よしの》だ。

――佳乃があそこにいる。

「……ありゃ、弓削《ゆげ》の屋敷《やしき》のあたりじゃ」と斧衆はつぶやく。

「弓削？　弓削と言ったか」

「え？　ああ、うん」

――間違いない。

伊月《いつき》は、立ちつくす人垣《ひとがき》を掻《か》き分けて走り出した。


弓削の屋敷は顔をしかめたくなるほどに崩壊《ほうかい》していた。

すっかり焼け落ちて、黒焦《くろこ》げの瓦礫《がれき》の山と化した門を乗り越えると、まるで耕す前の開墾地《かいこんち》のように荒れ果てた庭が目に入る。池は干上《ひあ》がり、土はそこかしこがえぐれてあばたになっている。

瘴気《しょうき》と呼ぶほかない、えぐみのあるにおいが漂っている。伊月は手で口を押さえて庭を横切った。

中殿《なかどの》の屋根はまっぷたつに裂けていた。むき出しになった柱や梁《はり》に火がくすぶっている。外からでは、人の気配は感じられない。

「佳乃！」

伊月は大声で呼ばわった。

夜が声の響《ひび》きを吸い取る。

このあたりの住人は残らず避難《ひなん》した後なのだろうか、大路《おおじ》の騒ぎが夢に思えるほどの静けさだ。火護《ひもり》の鐘《かね》だけが遠く聞こえる。

「佳乃ォッ！」

もう一度呼ぶ。

答えはない。伊月は弓を握りしめ、屋敷に上がった。

屋根はところどころ破れており、そこかしこでまだ壁をはみ続けている炎のせいもあって、暗い屋敷の中がなんとか見通せた。

奥に進むにつれ、自分の火目式《ひめしき》が高ぶるのがわかる。

――なにか、いる。

――佳乃？

――それだけでは……

甲高《かんだか》い悲鳴が闇《やみ》をつんざいた。男とも、女のものとも知れぬ――どころか、人の声かも定かではない、苦悶《くもん》の叫びだ。

伊月《いつき》は足を速めた。

いくつか、家人のものらしき焼け焦《こ》げた死体を見かけた。火事によるものではないとすぐにわかった。屋敷《やしき》自体はさほど燃えていないのだ。屋根や壁の破損はひどいが、これは主に爆発の衝撃《しょうげき》によるものだろう。更地《さらち》になってしまうほどの烈火《れっか》でもなければ、あのような死体にはなるはずがない。

殺されたのだ。

尋常《じんじょう》ならざる火によって。

またあの悲鳴が聞こえる。

屋敷の奥は大きく崩れていた。廊下が途中からいきなり断ち切られて、地面に穿《うが》たれた大穴に没している。

悲鳴が、穴の底からわき上がってきて伊月の顔に吹きつける。

――なんだ……これ。

穴に溜《た》まったどろりとした闇《やみ》をのぞきこみ、立ちすくむ。

闇の中に――青い光が、ぽつり、ぽつり、と灯《とも》っているのが見える。

「佳乃《よしの》！　いるんだろ！」

光の点が揺らぐ。

伊月は穴のふちの斜面に足を踏み出した。

もろく崩れやすい土の斜面を、滑り落ちる。巨大な獣《けもの》の口の中に呑み込まれていくような妄《もう》想《そう》が、伊月の口からわけのわからない叫び声となってほとばしった。

硬い床に背中から打ち付けられた。

土の感触《かんしょく》ではない。

痛みをこらえて立ち上がりながら、闇に目を凝《こ》らす。

——石畳《いしだたみ》？

——地下の蔵《くら》だろうか。

暗さに目が慣れてくる。

伊月の両手にはすぐ土の壁がある。おそらく、天井に大穴があく前は、地下を通る洞穴《ほらあな》の通路だったのだろう。

洞穴の奥——闇の中に、ひしゃげた格子《こうし》が浮かび上がる。

——蔵じゃない。

——地下牢《ろう》だ……

太い木を組んである頑丈《がんじょう》そうな格子は、それを抑えつけていたはずの天井が崩れたため、倒れて半《なか》ば土に埋まっていた。

ひきつった悲鳴が、その奥から聞こえた。

ちらちらと青い炎《ほのお》が揺れるのも見える。

伊月《いつき》は弓を構え、矢をつがえて、慎重《しんちょう》に格子戸《こうしど》を乗り越えて闇《やみ》の中に足を踏み入れた。

広い空間だった。ほとんど光も入ってこないため、奥行きはわからない。空気は淀《よど》んでおり、むっとする、獣《けもの》の体臭のようなにおいが鼻につく。

右手の壁際《かべぎわ》にいた白い人影《ひとかげ》が、振り向いた。

二つの青い火が伊月を見据《みす》える。

「……佳乃《よしの》」

「来てくださったのですね」

佳乃は微笑《ほほえ》む。

美しかった長い黒髪《くろかみ》は乱れに乱れ、頬《ほお》には不気味《ぶきみ》な陰影《いんえい》がさし、衣は焼けてあちこちが破れている。

「抱きしめてしまいたいほど嬉《うれ》しいのですけれど、ふふ。腕がこれでは、あきらめるしかありませんわ」

――腕？

佳乃の腕がないのに気づく。

否——腕はある。しかし、それは人の腕ではなかった。衣の袖《そで》から、黒い藻《も》のようなものが何本も垂れ下がり、ぶよぶよと佳乃の身体《からだ》のまわりを漂っている。ときおり脈打っているのもわかる。

「う……」

伊月は後ずさった。

よくよく見ると、腕だけではない。襟《えり》からのぞく首筋《くびすじ》には、鱗《うろこ》のようなものが見えている。足。足は。鳥の鉤爪《かぎづめ》のような形に変化している。

——佳乃は。

——もう、人ではなくなってしまったのか。

「化生《けしよう》に堕《お》ちたか。ほ、ほ、ほ、醜《みにく》いな、佳乃」

しわがれた声が、佳乃のさらに向こうから聞こえた。

佳乃が向き直る。

青い眼《め》の光に、壁が照らし出され、そこにうずくまる人影がぼうっと闇の中に浮かび上がった。

狩衣《かりぎぬ》はどす黒く血で汚れ、焼け焦《こ》げて腕や腹が露出《ろしゆつ》している。その青ざめた細面《ほそおもて》には見憶《みおぼ》えがあった。

——弓削弘兼《ゆげのひろかね》。

「眼《め》を潰《つぶ》すだけなぞ生ぬるかったか。ほ。足をもいでおけばよかったぞ」

「口が減りませんのね。見上げたものですわ」

佳乃《よしの》の右の手が——おぞましい触手《しょくしゅ》が——ひうっと風を切って長く伸ばされ、弘兼の肩に突き刺さった。

弘兼は絶叫《ぜっきょう》する。洞穴《ほらあな》の壁に、天井に、その悲痛な声が反響《はんきょう》する。伊月《いつき》は思わず耳を押さえた。

「や、やめろ!」

伊月が叫ぶのとほとんど同時に、絶叫がぶつりと途切《とぎ》れる。

触手は引き抜かれ、鮮血《せんけつ》が弘兼の肩から噴《ふ》き出した。

伊月は佳乃に駆け寄り、肩をつかんだ。

「どうして。どうして、止めようとなさいますの?」

弘兼を射すくめたまま、佳乃がつぶやく。

触手の先が、弘兼の蒼白《そうはく》な顔をなぶっている。近くで見る触手はぬらぬらと粘液《ねんえき》で濡《ぬ》れ、青《あお》筋《すじ》立ち、そのうえ——ところどころに眼が付いて瞬《まばた》きをしている。

「ち、父親だろ? それを……」

「これは、わたくしの父などではありませんわ」

触手の先端が弘兼の頬《ほお》を払った。

血の筋がにじみ出てくる。

それでも、弘兼は目を細め、薄笑《うすわら》いを浮かべている。

「わたくしの父は、そこにいます」

佳乃は、洞穴の奥に溜まった暗闇《くらやみ》をあごで示した。

——なに?

目を凝《こ》らす。

と——

光る二つの眼が、闇の中に現れた。

さらに、青い五つ星の炎《ほのお》——火目式《ひめしき》が、その額《ひたい》に浮かび上がる。

なにかが、なにか巨大なものが、暗がりにうずくまっている。それが今、目を覚ましたのだ。

伊月は、全身の毛穴が膨《ふく》らむような感覚に襲《おそ》われ、うめいた。

鼓動《こどう》が耳に痛いほど高まり、心《しん》の臓《ぞう》が耳から流れ出してしまいそうだ。

——なんだ、これは。

それは、松の根のように太くねじくれた前脚《まえあし》を石畳《いしだたみ》に突き立てて、ゆっくりと身体《からだ》を起こした。それを岩壁につなぎとめている、錆《さ》びついた太い鎖《くさり》がこすれて、耳障《みみざわ》りな音を立てる。

それは目の下まで裂けた口を開いて、腐臭《ふしゅう》のする息を吐き出した。伊月の腕ほどもある牙《きば》がずらりと、上下の顎《あご》の間にのぞく。

それの体毛《たいもう》が逆立《さかだ》った。

それが身を震わせると、洞穴《ほらあな》全体が揺れ、天井から土塊《つちくれ》がぱらぱらと降ってくる。

——狼《おおかみ》、なのか？

それは、化生《けしょう》ならぬ獣《けもの》と比するにはあまりに奇怪《きかい》過ぎた。鼻と口が長く突き出した頭部はたしかに犬か狼のそれに酷似《こくじ》していたが、腹の毛の間には鈍く光る鱗《うろこ》のようなものが見え隠《かく》れし、四肢《しし》の先は佳乃《よしの》と同じように何本もの触手《しょくしゅ》に枝分かれしてのたくっている。

それに幾重《いくえ》にも巻かれた鎖《くさり》は、床、天井、あるいは床に打ち込まれ、それを縛《しば》りつけている。

「天狼《あまら》——と、人は呼びます。ほんとうは父にも名があるのですけれど、人の声では呼べぬ名ですから」

——父？　父親、だって？　これが？

「なに言ってるんだ、佳乃……」

伊月《いつき》はそう言ってから、はっとして口をつぐむ。

すべてが——つながる。

幾度《いくど》も火目《ひめ》を輩出《はいしゅつ》してきた弓削《ゆげ》の血筋《ちすじ》。

力を恐れ潰《つぶ》された佳乃の眼《め》。

人に流れる化生の血。

――そういう……ことなのか？

「佳乃、おまえ」

自分の想像に、身の毛がよだつ。

――まさか。だって、こんなの。

――こんなの、人間の考えつくことじゃない。


佳乃が肩越しに振り向く。

目を伏せたその顔は、伊月の知っている佳乃のものだ。

「ええ。……わたくしは、この天狼と、人の女の間に生まれました。この身体《からだ》に色濃く流れる火の血は、だから――」

佳乃は、壁際《かべぎわ》に縮こまる弘兼《ひろかね》の方に向き直った。

「その男が、自分の妻に化生を種付けして造り出したもの」

吐き捨てる。

「……ほ。ほ。いかにも、いかにも」

弘兼は、体中からだくだくと血を流しながら、それでも不敵《ふてき》に笑う。

「そうして弓削《ゆげ》の強き御明《みあ》かしは造られてきた。そうして弓削の栄華《えいが》は積み重ねられてきた。そうして都の、国の安寧《あんねい》は護《まも》られてきたのだ。ほ、帝《みかど》のやり方は迂遠《うえん》きわまりない、たまさかに火の血が顕《あらわ》れた女子《おなご》をわざわざ探し回るなど痴愚《ちぐ》」

弘兼《ひろかね》の声は、狂ったように甲高《かんだか》くなる。

「この天狼《あまら》は、火の血に火の血を重ね人の中から造り出したもの。これほどの化生《けしょう》を人の手で生み出すも、呪《しゅ》を重ねて縛《しば》りつけ正護役《せいごやく》の目から隠《かく》すも、弓削のみに為《な》し得る所業《しょぎょう》。ほ、ほ、この都は、この国は、弓削が支えておる。弓削が護っておるのだ」

「黙りなさい」

佳乃《よしの》の腕の触手《しょくしゅ》がぞろりと伸びて、弘兼の首に巻き付いた。

ぐぶ、と弘兼は口の端《はし》から涎《よだれ》を垂らす。

「わたくしが聞きたいのはそんな戯《ざ》れ言《ごと》ではないのです。さあ、早く言いなさいな」

弘兼の身体《からだ》は、天井近くまで吊《つ》り上げられた。短い手足が力なくもがいている。

「天狼を縛《ばく》から解く、呪言《じゅごん》を」

「痴《し》れ者……が。と、とき、解き放ってなんとする」

「佳乃、やめろ！」

伊月《いつき》は佳乃の背中につかみかかった、と——

すさまじい衝撃《しょうげき》が腹をえぐった。

足下の地面の感触《かんしょく》が突然かき消え、闇《やみ》の天地が反転する。

「――っ」

声をあげる間もなく、伊月は背中から壁に叩《たた》きつけられた。

激痛《げきつう》から逃げるように、意識が遠ざかっていく。

伊月は意識の切《き》れ端《はし》を死にものぐるいでつかんだ。絶望的に深い穴のふちに腕一本でぶらさがってもがいているようだ。

朦朧《もうろう》とした耳に、あの悲鳴が何度も突き刺さる。

歯を食いしばり、まぶたをこじ開ける。

床でのたうちまわるだれかを、黒髪《くろかみ》の娘が見下ろしている。

やがて、床の上で男が動かなくなる。

娘は、ずるり、ずるりと腕を引きずりながら、洞穴《ほらあな》の奥に――

――弓は。

――わたしの弓はどこだ。

――くそ、動け。

――立て！

伊月は全身の痛みをこらえながら身体を起こした。左手を持ち上げると、そこに弓はしっかりと握られている。

矢をつがえ、弓を打ち起こした。

佳乃《よしの》が振り向く。

「……撃《う》つのですか」

冷たく表情のない声が洞穴《ほらあな》にこだまする。

「わたくしを、撃てるのですか？」

――これは。

――化生《けしょう》だ。

――かかさまを殺した、ばけものだ。

――撃て。

――射殺《いころ》せ。

――殺せッ！

突きつけた矢尻《やじり》がぶるぶると震える。

佳乃は目を薄めて、伊月《いつき》のよく知っているあの笑顔を向けてくる。

「ふふ」

脇腹《わきばら》が溶け落ちてしまいそうなほど熱い。

両腕から力が逃げていく。

伊月の手から弓が滑り落ちた。弓弦《ゆづる》に弾《はじ》かれた矢が石畳《いしだたみ》に叩《たた》きつけられて折れ、弓はびいんびいいんと床にのたくる。

「優しい人」

佳乃がつぶやく。

「そんなだから、わたくしは、あなたを……」

言葉の最後を振り払うように、伊月に背を向ける。

――なぜ撃てない。

――行ってしまう。

――佳乃が、行ってしまう。

佳乃の小さな身体《からだ》は、闇《やみ》の奥に沈む巨大な獣《けもの》へと吸い寄せられていく。

「……　……　――」

佳乃の声が聞こえた。

呪言《じゅごん》に応えるように、巨獣《きょじゅう》――天狼《あまら》の体軀《たいく》がびくびくと痙攣《けいれん》する。鎖《くさり》がこすれあい、悲鳴をあげ――一本、また一本、引きちぎられていく。洞窟《どうくつ》が鳴動《めいどう》し始めた。

「ああ……」

恍惚《こうこつ》とした佳乃の声。

天狼に向かって差し出した両腕の触手《しょくしゅ》が、蔦《つた》のように狼の両腕にからみつき、溶け合っていく。

「佳乃《よしの》ォッ！」

天井がついに崩れた。土砂《どしゃ》の塊《かたまり》が雨と降り注《そそ》ぎ、佳乃の、天狼《あまら》の姿を覆《おお》い隠《かく》す。地崩《じくず》れが、佳乃の甲高《かんだか》い笑い声を呑み込んでいく。


弓削《ゆげ》の屋敷《やしき》は、巨大な陥没《かんぼつ》に半《なか》ば引きずり込まれて崩壊《ほうかい》した。伊月《いつき》が瓦礫《がれき》を這《は》い登ってようやく地上の空気に触れたとき、背後では寝殿《しんでん》と北の対屋《たいのや》がまっぷたつに裂けた地中に呑まれていくところだった。

「おお、これはひどい」

「なんちゅう有様《ありさま》じゃ……」

人の声が聞こえた。

庭に白い人影《ひとかげ》がいくつも集まっている。手に手に長尺《ながじゃく》の刃《やいば》がきらめく。

——火護衆《ひもりしゅう》……《い》組か。

「みんな、逃げろォッ」

見憶《みおぼ》えのある顔に向かって、伊月は怒鳴《どな》る。

「伊月！　伊月か！　こんなとこでなにしておる！」

「いいから逃げろ！　あいつが来る！」

その瞬間、伊月の身体《からだ》は背後からのすさまじい衝撃《しょうげき》を喰らって吹き飛ばされた。真っ赤に染まった夜空が、瓦礫の山が、伊月の視界《しかい》を転げ回る。

冷たい地面に手をつき、上半身を起こした。口の中が血の味でいっぱいになっている。自分の手足がどこに付いているのかもよくわからない。腹がねじ切れそうだ。

歯を食いしばり、空を貫《つらぬ》く巨大な火柱《ひばしら》を見つめる。

「け、化生《けしょう》の仕業《しわざ》か、これが」

「まるで火の山だ……」

陥没した大穴からごうごうと噴《ふ》き上げる炎《ほのお》。その根本《ねもと》に――

――来た。

黒い影が、現れる。

火柱が轟音《ごうおん》を響《ひび》かせて砕けた。数え切れないほどの炎塊《えんかい》が八方《はっぽう》に飛び散り、灼《や》けた雹《ひょう》となって都に降り注ぐ。

黒い影が、吼《ほ》えた。

もはや狼《おおかみ》の形すらとどめていない。それは、ぶよぶよとした毛むくじゃらの肉塊《にくかい》だった。足のようなものが触手《しょくしゅ》を伸ばし、瓦礫をつかみ、穴の中から巨体を引きずり上げる。

肉塊の前面には、牛さえ一呑《ひとの》みにできそうなほどの口がばっくり裂け、牙《きば》が見える。ぎらぎらと光る巨大な二つの眼《め》の間に――なにかが生えている。

――佳乃《よしの》。

裸《はだか》の女の、上半身だ。腰から下、肘《ひじ》から先は肉塊《にくかい》の中に溶け込んでいる。

「な、なんと、忌《い》まわしい」

鉾衆《ほこしゅう》、若頭《わかがしら》がうめく。

「足場が悪い。囲《い》めるか」

「穴の中に突き落とすが早いのではないか」

「でかすぎる」

「ともかく囲むぞ」

「うむ」

「散《チ》ッ」

白装束《しろしょうぞく》達は鉾を手に、焦《こ》げた柱を踏み越え、灼《や》けた石を這《は》い登って天狼《あまら》を目指す。

「やめろ、殺されるぞ！」

伊月《いつき》の声は、だれにも届かない。

伊月にはわかる。

――あれは。

――並の化生《けしょう》じゃない。

化生は、人を憎んで殺すわけではない。ただ、そこに餌《えさ》があるから、灼いて喰らうだけだ。

けれど、あれは。

——止めなくちゃ。

じくじくと痛む手足にむち打って、伊月も屋敷《やしき》の残骸《ざんがい》をかきわけて火口へと這い進もうとする。が、動かない。伊月は振り向き、愕然《がくぜん》とする。崩れ落ちた瓦礫《がれき》に右脚《あし》が深く挟まれている。必死になって地面を掻《か》くが、下半身は一寸《いっすん》も動かない。

「くそォッ」

見上げると、無数の白い影——鉾衆たちが、膨《ふく》れ上がった天狼の周囲にとりつくところだった。

「捉《サ》ッ」

天狼の肉体が爆《は》ぜた。無数の触手《しょくしゅ》が走る蛇《へび》のようにしなり、寄り集まる鉾衆を弾《はじ》き飛ばす。鉾衆は血まみれになりながらも瓦礫をよじ登り、やがて鬨《とき》の声があがり、何本もの鉾が、化生の肉に突き立てられる。鉾先《ほこさき》が、粘土《ねんど》のような肉に潜《もぐ》り込む。

天狼の肉塊がさらに隆起《りゅうき》し、佳乃の身体《からだ》が天高く持ち上げられた。触手が激しく打ち振られる。鉾にしがみつく男達の白い影が、落ちる寸前《すんぜん》の枯葉《かれは》のように揺さぶられる。

「おおおおおッ」

「放すなッこらえよォッ」

若頭の声が飛ぶが、一人、また一人、鉾から腕をもぎ取られて瓦礫に叩《たた》きつけられていく。

伊月《いつき》は左足で瓦礫《がれき》を蹴《け》りながら、祈るような思いで空を仰いだ。

——常和《ときわ》！

——頼む、早く！　早く矢を！

そのとき——高らかな笛の音が闇《やみ》を切り裂いた。

真紅《しんく》の光が、炎《ほのお》と煙と腐臭《ふしゅう》を薙《な》ぎ払う。光は天狼《あまら》の背中に収束《しゅうそく》し一筋《ひとすじ》の矢となって突き立った。佳乃《よしの》が髪を振り乱し絶叫《ぜっきょう》する。

「鳴箭《めいせん》ありッ」

「鳴箭ありッ」

「鳴箭ありッ」

鉾衆《ほこしゅう》が唱和《しょうわ》した。伸びやかな笛の残響《ざんきょう》の中、天狼の肉体はぼんやりとした赤い光芒《こうぼう》に包まれ、痙攣《けいれん》している。伊月は、不意にわき起こった腹部の熱に身をよじった。灼箭《しゃくせん》の予兆《よちょう》だ。

——これで、とどめ……。

そのとき不意に、肉塊《にくかい》が弾《はじ》けた。

無数の触手《しょくしゅ》がうなりをあげ、何人もの白装束《しろしょうぞく》が、まるで羽毛《うもう》に息を吹きかけたようにたやすく宙へと跳ね飛ばされる。

佳乃の哄笑《こうしょう》が、鳴箭の笛の音をかき消すほどに響《ひび》いた。肉塊を包む赤い光が弾《はじ》け——

地揺れ。

伊月の足下で、瓦礫がさらに崩れた。束縛《そくばく》を解かれた身体《からだ》は地面に投げ出され、焼けた土の上を転がる。

光が消えた。

むせながら見上げると、天狼の巨体が瓦礫の山の頂《いただき》にさらに高くそびえ、佳乃の燃える瞳が伊月を見下ろしている。

肉塊からは、無数の太い腕——あるいは角《つの》——が隆起《りゅうき》している。そのうちの一本には、鉾衆の男が、もずの速贄《はやにえ》のように串刺《くしざ》しにされている。

「ふふ……あはははははハハハハハハハッ」

白み始めた空を仰ぎ、佳乃がけたたましく嗤《わら》う。

——鉾衆が抑えきれなかったのか。

再び、甲高《かんだか》い笛の音が伊月の意識を掻きむしった。思わず耳を押さえる。強烈な光が視力を奪いさる。

——灼箭が来る！

土の砕ける音が腹を突き上げる。

飛来《ひらい》した真っ青な光は、天狼から大きく外れた、屋敷《やしき》の屋根を穿《うが》っていた。

なお嗤い声は途絶《とだ》えない。

「くそ！　しっかりせい！　捉《とら》えよ！」

若頭《わかがしら》がわめくが、そういう自分も折れた鉾《ほこ》を支えにやっと立てるか立てないかという有様《ありさま》だ。他の白装束《しろしょうぞく》たちは、濡《ぬ》れた紙のように瓦礫《がれき》にへばりつき、動く気配もない。

「ふふふふふ。情《なさ》けない方たち。常和《ときわ》さんのせっかくの二の矢が、無駄撃《むだう》ちですわ」

佳乃《よしの》の声には、ぞぶ、ぞぶ、という粘液《ねんえき》が管を伝うときのような薄気味《うすきみ》悪い音が混じっている。

「さあ、さあ、まいりましょう。都に炎《ほのお》を振り撒《ま》きに。人という人を残らず灰に戻しましょう。焦土《しょうど》に芽吹《めぶ》くはずの種もすべて掘り尽くしましょう。死の眠りを安らげる風もみな焦《こ》げつかせましょう――」

肉塊《にくかい》が、ぼぐぼぐと泡立《あわだ》ちながら、瓦礫の山をゆっくりと下りてくる。

佳乃の眼《め》が、不意に炎を失う。

「伊月《いつき》、さん」

弓も、鉾も、なかった。

伊月は、身ひとつで天狼《あまら》の前に立っていた。

どす黒い巨塊《きょかい》の上部に触角《しょっかく》のように突き出した、かつて佳乃だったそれを見上げる。

炎に巻かれながらなお黒玉《くろだま》のごとく艶《つや》やかな髪《かみ》を。

炎に映える青ざめた肌《はだ》を。

炎を宿した目を――

「みんな殺すんだろ？　わたしを、まず殺せよ」

伊月はそっと言った。

恐怖も、痛みも、どこかに洗い流されてしまった。

——ああ、わたしは。

——ちっぽけだな。

眼前にそびえる醜悪《しゅうあく》な天狼の肉体のうずきを聞きながら、伊月はそんなことを考えている。

「なんでわたしを殺さなかった。火垂苑《ほたるえん》にいたころ、常和をなんで殺さなかった？」

佳乃は答えない。

その顔は明るさを増す東天《とうてん》を背にして影に沈んでいる。

ただ、肉塊からひり出された何本もの触手がぐねぐねとのたくる。

「いずれ火目《ひめ》になって、おまえの邪魔《じゃま》をするとわかっていたはずなのに。なぜ殺さなかった」

佳乃のうつむいた顔は、暗がりに沈んで見えない。

「やめて。やめてください。わたくしは、もう、人ではないのです。共に来てくれぬのなら、放っておいてください」

「いやだ」

「なぜ！」

「おまえを、そいつに渡したくない」

佳乃《よしの》が絶叫《ぜっきょう》した。

熱風が伊月《いつき》を打ち据《す》え、吹き飛ばした。

炎《ほのお》が天狼《あまら》の身体《からだ》を、弓削《ゆげ》の屋敷《やしき》を、夜明けの空を、世界を、覆《おお》い尽くす。

「ええ！　ええ！　殺《あや》めておくべきでした！　あなたにはじめて逢《あ》ったあの日に！　あなたと言葉を交わす前に！」

ごうごうと吹き荒れる熱風の中に、かすかに佳乃の叫びが聞こえる。立ち上がろうと手をつくと、地面が灼《や》けたように熱い。そばに転がっていた鉾衆《ほこしゅう》の白装束《しろしょうぞく》が、地面に突き立っている鉾の柄《え》が、燃え上がった。

「……うっ」

目も開けていられないほどの熱気である。

渦《うず》を巻く炎の中、佳乃と天狼の姿は黒い一握《ひとにぎ》りの影にしか見えない。

——近づけない。

——一瞬でも、穴があけば。

伊月の左手に、感触《かんしょく》が蘇《よみがえ》る。

——やれるか。

半歩下がり、目を閉じた。

伊月の手の中に、弓がたしかにある。そう言い聞かせる。

あるはずのない矢を弓弦《ゆづる》にかませ、打ち起こす。伊月を執拗《しつよう》になぶっていた風鳴りが遠ざかっていく。

弓弦を引き詰める。

両手の間にみなぎった力が、どこまでもどこまでも深く伸びていく。

――わたしには、これしかない。

脇腹《わきばら》に昂《たか》ぶる火目式《ひめしき》を感じる。沸騰《ふっとう》しそうなほどの血が体中を巡るのがわかる。

――なにもできなかった。

――だから、せめて、

――届け。


放った瞬間――

数万の鐘《かね》の音が他のすべてを圧倒した。

響《ひび》きあい、波紋《はもん》をぶつけあう楽音《がくおん》の豪雨《ごうう》の中で、伊月は目を見開く。

炎がまっぷたつに引き裂かれ、その向こうに、数百の触手《しょくしゅ》をわななかせる天狼の輪郭《りんかく》がはっきりと見える。

そばに突き立っていた鉾《ほこ》を引き抜くと、土を蹴《け》った。

左右から押し寄せる爆炎《ばくえん》の壁の間を、駆け抜ける。天狼《あまら》の巨大な口が、どろりとした光を宿した両眼《りょうめ》が迫る。佳乃《よしの》が目をむく。

逆手《さかて》に握った鉾を振り上げ――

「おおおおおおおおおおおおおおおおおおオオオオオオオッ」

あらん限りの力で肉壁《にくへき》に突き刺す。鉾先《さき》はたやすく肉に潜《もぐ》り込み、柄《え》までずぶずぶと深く食い込んでいく。無数の触手《しょくしゅ》が死に際の虫の羽のように激しく打ち振られる。

鉾の柄に足をかけ――

跳んだ。

白い肩にしがみつく。

天狼が声ならぬ声を吐き出しながら全身を震わせる。

「は……放しなさい！」

佳乃が耳元で叫んだ。

「放すもんか」

佳乃の肩に回した腕に、力をこめる。裸《はだか》の胸を強く抱き寄せる。

「なぜ！　なぜ止めるのです！　わたくしの気持ちなんて、なにひとつ、なにひとつ！　なに

ひとつわかっていないくせに！」

佳乃《よしの》は身をよじって離れようとする。その両眼《め》からは赤い血が流れ出して頬《ほお》を濡《ぬ》らしている。

「わからないよ、そんなの知ったことかッ！　わたしは、ただ――」

――この手で化生《けしよう》を灼《や》けないのだから、せめて。

「化生をとらえて」

――わずかでも、できることを。

「火の中から、人を、助けるだけだ」

「わっ、わたくしはッ人ではないとッなぜわからぬのです！　放しなさい！　死にたいのですか！」

右肩にすさまじい痛みが走った。天狼《あまら》の棘《とげ》だらけの触手《しよくしゆ》が巻き付いている。左腕にも激痛《げきつう》がからみついた。触手は、伊月《いつき》を引きはがそうとのたうつ。巫女《みこ》装束《しようぞく》の白衣《びやくえ》は血に染まり、骨の軋《きし》む嫌な音が頭の中にまで響《ひび》いた。伊月は唇を噛《か》みしめ悲鳴をこらえる。

――抑えきれるか。

脇腹《わきばら》にも衝撃《しようげき》が突き刺さった。口の中に血の味が充満《じゆうまん》する。

「放しなさいッ！」

佳乃の声が耳に痛い。伊月は歯を食いしばり、佳乃の背中に回した両腕に渾身《こんしん》の力を込める。血に染まった視界《しかい》が揺れる。腕が肩からちぎれてしまいそうだ。意識が霞《かす》む。

——もう無理だ、これ以上……

不意に、まばゆい光が二人を押し包んだ。

「ああああアアアアアアッ」

佳乃の喉《のど》から金切り声がほとばしる。伊月は待ちこがれた光を仰いだ。

「灼箭《しゃくせん》がッ」

——来る。

「離れなさいッ！」

伊月は佳乃を抱きすくめた。

——常和《ときわ》、見えるか？

——ここだ。

——貫《つらぬ》け！

真っ白な光で張りつめた世界の中――飛来《ひらい》した光の矢が、天狼《あまら》の背に突き立った。熱い血が噴《ふ》き出し、大地がのたうち回る。逆立った太い毛が縮れ、溶け、蒸発し、光の中に消えていく。毛が溶け終わるのを待たず、表皮《ひょうひ》が焼けただれ、肉がしゅうしゅうと音を立てて光に吸い取られていく。

「あ、ああ、あああああ、ああアアアアアアアアアアッ」

佳乃《よしの》が悶《もだ》える。

二人を包む圧倒的な光が、やがて青白い炎《ほのお》に転じる。足下で獣《けもの》の肉が溶解《ようかい》し、骨が砕けていくのが感じられる。

「うあ、ああ、あ――」

伊月《いつき》は佳乃をいっそう強く抱きしめる。

――大丈夫。

――火目の灼箭は人を傷つけない、い、い、い、い、い、い。

――だから……

足下の肉がぬかるみになっていく。ぼごぼごと大きな泡《あわ》が生まれては弾《はじ》け、天狼の肉体は炎へと還元《かんげん》されていく。腐った血の匂《にお》いが空気を汚し、伊月の肺を焼《や》く。

腕の中で、こわばっていた佳乃の身体《からだ》が力を失う。化生《けしょう》の肉塊《にくかい》に埋まっていたはずの身体《からだ》は、いつの間にか重みを失っている。

うめき声が嗚咽《おえつ》に変わる。

揺らめく青い炎の中、伊月は、佳乃の手を見下ろす。あのとき伊月を抱きしめてくれた腕。あのとき伊月の髪をなでた手。あのとき伊月の頬《ほお》をふざけて引っぱった指。白く細い――人の指。

佳乃の、腰や足の素肌《すはだ》を、溶けた化生の血肉《けつにく》が伝い落ちていく。

伊月は佳乃の身体をいっそう強く抱きしめる。

「もう、大丈夫」

耳元に囁《ささや》いた。

崩れ落ちそうになる佳乃の身体を支える。踏みつけた骨がざりりと音を立てる。

佳乃の腕が、持ち上がった。

指が伊月の首に巻きつく。

「わっ、わたくしは」

うつむいたまま佳乃が言う。

「……助けてほしくなんて、なかった」

――でも、わたしは。

——助けたかったんだ。

声に出さず、伊月《いつき》は答える。

青い炎《ほのお》が薄らいでいく。

二人の足の下で、化生《けしょう》の骨格《こっかく》が音を立てて砕け、崩れ始めた。伊月はほとんど力の入らない腕で佳乃《よしの》を抱えながら、青い炎の残滓《ざんし》の中に落ちていく。ふと緊張《きんちょう》をゆるめたら、そのまま気を失ってしまいそうだった。

遠くで火護《ひもり》の鐘《かね》の音が聞こえた。

佳乃の黒髪《くろかみ》に指を潜《くぐ》らせ、うなじを強く抱き寄せる。

温かい。

血だらけになった白衣《びゃくえ》の胸に、佳乃の吐息と、涙の湿り気を感じた。

もう一度、長く響《ひび》く鐘の音。

佳乃の肩越しの空——灰色の雲の間に、ようやく顔をのぞかせた太陽が、最初の曙光《しょこう》を投げかけた。

七　火刑

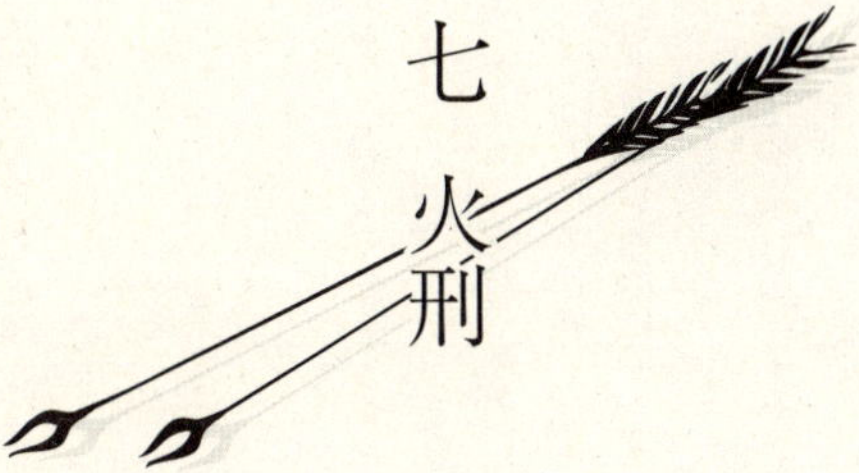

都の大火《たいか》に呼ばれて降り始めた雨は、五日間止《や》まなかった。慈悲《じひ》深い雨は都を濡《ぬ》らし、火を鎮《しず》め、煤《すす》を洗い流し、そして火刑《かけい》を五日先延《さき》ばしにした。

雨が止む頃には、六月も終わろうとしていた。

＊

照りつける陽光にはすでに夏のとげとげしさがあった。蟬《せみ》の声が工人《こうじん》たちの振るう木槌《きづち》の音と入り混じって、眠たげに聞こえていた。

都じゅうが炎《ほのお》に包まれたあの夜から、五日。美麗《びれい》だった四道四京《しどうしきょう》の町並みは見る影もないほどに焼けただれたが、すでにそこかしこで再建が始まっている。

雲ひとつない蒼天《そうてん》に、くっきりと黒い煙の柱が立ちのぼっていた。

伊月《いつき》は火垂苑《ほたるえん》の釣殿《つりどの》から、それを見ていた。

床に足を投げ出し、身をねじって欄干《らんかん》に腕をもたせかけ、もう半刻《はんとき》もそれを見ていた。

烽火楼《ほうかろう》よりもなお高みにまで届き、やがて風のない空の青にすらりと泳いで溶けていく煙をじっと見ていた。

隣《となり》に人の気配がした。

伊月はそちらを見もせずに訊《たず》ねる。

「終わったの？」

「もう終わっておる、とっくに」

童子《どうじ》の声がそっけなく答える。

目の前に、なにかが差し出された。

豊日《とよひ》の手に握られているのは、白い紙帯《かみおび》でまとめられた、一房《ひとふさ》の黒髪《くろかみ》だった。

伊月はそれを受け取り、じっと見つめる。

——佳乃《よしの》の、髪？

火付けの裁きは火刑と決まっている。なぜ髪が残っているのか。

「あれは火の血が強い。火あぶりでは処せなんだ」

見透《みす》かしたように豊日が言う。

伊月は豊日を見上げた。と、童子の姿に首を傾《かし》げる。

「……なんだ、そのかっこ」

豊日は見たこともない衣を着ていた。明るい橙《だいだい》を基調とした壮麗《そうれい》な柄《がら》で、金糸《きんし》の刺繡《ししゅう》の鳳《おおとり》が舞っている。珍しく冠《かんむり》もつけ、おまけに唇には紅《べに》を引いていた。

「これか？　婚礼《こんれい》の衣装じゃ」

豊日は得意げに言って、その場でくるりと回って背中の柄も伊月に見せびらかす。

「婚礼？」

「あれも、わしの妻じゃからな。殺せぬのだから、地下に閉じこめ、死ぬまで外には出さぬ。まみえるはわしだけじゃ」

うらやましいか、と豊日《とよひ》は笑う。

伊月《いつき》はため息をついて、空の煙の柱に視線を戻した。

——生涯《しょうがい》を、牢《ろう》で過ごすのか。

もはや佳乃《よしの》は日の光を浴びることもかなわない。生きて戻ったというのに。そう考えると、寒気がする。

——そこに追い込んだのは、わたしだ。

佳乃の最後の言葉を、伊月は思い出す。

「わたしは——」

そう言いかけて、喉《のど》の奥が熱くなった。

伊月は下唇《した》を噛《か》みしめて、それをこらえる。

「……わたしのしたことは、なにか意味があったのかな」

空に吸い込まれていく煙に、視線を戻す。

「それをわしに訊《き》くのか？」

豊日の声は、怒っているように聞こえた。

「お前様がそう決めてやったことじゃろ。お前様が自分で引きずって歩くしかない」

その通りだな、と伊月は思う。

——どうして、人は。

——自分が訊かれて困ることを、他人に訊いてしまうのだろう。

あのとき。

伊月は佳乃に訊《たず》ねた。

——『わたしを、まず殺せよ』

——『なんでわたしを殺さなかった』

でもそれは、伊月も同じだ。

烽火楼《ほうかろう》の頂《いただき》で。あるいは、弓削《ゆげ》の屋敷《やしき》の地下で。

狂っていく佳乃を見ながら——伊月は、なにもできなかった。

——なんで佳乃を殺さなかった。

その答えは、たぶん、佳乃《よしの》のそれと同じだ。

煙が空に拡散《かくさん》して消えていく。最初から、そこには空の青しかなかったみたいに。伊月《いつき》は手のひらの中の髪《かみ》の感触《かんしょく》を確かめる。

「伊月。後宮《こうきゅう》に、来るか」

豊日《とよひ》がふと言った。

伊月は欄干《らんかん》にもたれていた身体《からだ》を起こして、豊日をまじまじと見つめる。

「それも、冗談《じょうだん》で言ってるわけじゃないのか?」

「むろん」

無表情に豊日は答える。

「わたしは」

知らずと、声が荒くなる。

「わたしは、たぶん、あなたを生涯恨《うら》むぞ。あなたが」

胸の中から、言葉につられて、なにかがあふれ出してしまいそうになる。

「あなたが、そうしろと言ったんじゃないか」

「だから。わしの后《きさき》にならぬか。わしを、いつでも殺せるように」

伊月は言葉を呑み込む。

目の前に立っているのは、帝《みかど》でも、神人《かみびと》でも、火護衆《ひもりしゆう》の頭領《とうりよう》でもなく。

泣き出しそうな目をした、子供。

「……ばか」

伊月は目をそらした。

「あなたが造った国だろ。あなたが死ぬまで引きずって歩くしかない。——だろ?」

豊日は笑った。

いつもの呵々《かか》とした鷹揚《おうよう》な笑い声ではなく、どうかすればすすり泣きのようにも聞こえそうな、細い声で。

「では、これからどうする? 決めておるのか」

「この格好《かつこう》見てわからないのか」

伊月はあきれて、自分の真新しい白装束《しろしようぞく》の胸を手のひらで叩《たた》く。腰紐《こしひも》は血のような紅《あか》色だ。

「明日から《と》組に入るよ」

「いや、わかってはおったが、信じとうなくての」

そう言うと豊日は、欄干から身を乗り出し、池の水面《みなも》に視線を落とす。

「火目《ひめ》になれなんだら、火督寮《かとくりよう》に身を置く理由もあるまいに。火護は危険な仕事じゃ」

「心配してるのか？」

豊日は顔を上げた。驚きと困惑《こんわく》がそこに浮かんでいる。伊月《いつき》は続けた。

「常和《ときわ》を殺したあなたが、わたしを心配するのか？」

しばらく、返ってくる言葉はなかった。

豊日は再び身を折るようにして池をのぞきこむ。結《ゆ》った長い髪が欄干《らんかん》の向こう側にたれて、髪先《かみさき》が水面《みなも》に触れ波紋《はもん》をつくる。

「赦《ゆる》せ」と豊日はつぶやいた。

こいつ、今日はうつむいてばかりだな、と伊月は思う。

「わたしは――」

言葉を継ぎながら伊月は、母が喰い殺された夜のことを思い出そうとしていた。母の血まみれの身体《からだ》が蜥蜴《とかげ》の口の中に消えていくのを見ていたときの思いを。

「化生《けしょう》を殺せれば、あとはどうでもよかったんだ。高いところに立って火矢《ひや》を次々ぶっぱなして……一匹残らず灼《や》き殺せたら、あのとき黒焦《くろこ》げになった頭の中も晴れると思ってた」

ばかだったな、わたしは。

伊月のつぶやきがぼたりと床に落ちる。

「今は、違うのか」と豊日が訊《き》いてくる。伊月は苦笑《にがわら》いして首を振った。

「今は、できることをやるよ。常和は……助けられなかったけど、佳乃《よしの》は、死なせずに済んだ。

火目《ひめ》にできないことを、わたしがやればいい」

「そうか。お前様は強いな」

豊日は七年前と同じことを言う。

「お前様には、戦場から遠いところで、静かに暮らしてほしかった」

――あなたが、連れてきたんじゃないか。

伊月はその言葉を呑み込む。

*

豊日が立ち去った後も、伊月は欄干に腰掛けて、ぼうっと空をながめていた。すでに煙の余《よ》韻《いん》もどこにもない。

手の中でずっともてあそんでいた髪《かみ》の房《ふさ》を、伊月は池に投げ込んだ。紙帯《かみおび》が解《ほど》け、黒髪《くろかみ》は水面に扇状《おうぎじょう》に広がり、やがて沈んでいく。

――佳乃は、わたしを恨《うら》んでいるだろうか。

佳乃《よしの》の最後の言葉が、まだ耳から離れない。

それでもいい、と伊月《いつき》は思う。

伊月は佳乃を死なせたくなかった。

常和《ときわ》がそれに応えた。

——わたしが選んだことだ。

——わたしは死ぬまであの言葉を引きずって、歩く。

佳乃に会いたかった。三人で集まることはもう叶《かな》わないけれど、せめて佳乃と話がしたかった。

火目《ひめ》のこと、常和のこと。

自分のこと。この国のこと。

もう二度と会えないと豊日《とよひ》は言ったが、伊月にはそうは思えなかった。

あの夜、火目式《しき》を通して流れ込んできた佳乃の声を思い出す。自分たちは、呪《のろ》われた血を通じてつながっている。まだ佳乃の声は聞こえるだろうか。

――佳乃。わたしの声は聞こえるか。

ふと――

細く甲高《かんだか》い音が空に鳴り渡った。

――佳乃の……鳴箭《めいせん》？

伊月は欄干《らんかん》から大きく身を乗り出し、空を目で探る。

小さな影が二つ、翼《つばさ》を並べて上天《じょうてん》をよぎっていくのが見えた。

――鳥。

啼《な》き声は空に吸い込まれてしまう。つがいの鳥の影は空をゆっくりと滑り、やがて烽火楼《ほうかろう》の向こうに姿を消した。

〈了〉

あとがき

僕はこの作品の元になったアイディアを、友人の川上《かわかみ》君という方からいただいたのですが、そのときに川上君から一つの条件を提示されました。それは、「○○のキャラ名は別の名前に変えてくれ」というものでした。川上君の言う○○というのはこの作品における佳乃《よしの》という登場人物の立ち位置にあったキャラクターでした。その理由といいますのも、○○は川上君のかけがえのない（脳内《のうない》）想い人だから、ということでした。つまり僕の手で汚されたくない。名前を変えて別人にしろ。実際には佳乃どころではなくほとんどの登場人物の名前も設定も川上君のアイディアからは変えまくったのですが、ともかく僕は約束を果たしました。そんなわけで川上君は今、遠く西の街で（脳内）想い人と幸せに暮らしているそうです。じきに（脳内）結婚や（脳内）出産といっためでたいニュースも聞こえることでしょう。ご祝儀《しゅうぎ》も脳内で済みそうなので貧乏な僕も安心です。

もう一人、この作品を書くにあたって協力してくれたのが、弓道《きゅうどう》経験者だった兄です。弓についてなんでもいいから教えてくれとせがむと、兄は弓道教本《きょうほん》第一巻射法篇《しゃほうへん》という本を貸してくれました。僕はほくそ笑みました。参考資料になるのはもちろんのこと、公園で鳩を仕留《しと》める役にも立つだろうと思ったからです。当時の僕はまあ大層《たいそう》な赤貧《せきひん》ぶりで、もう何ヶ月も肉を食べていなかったのです。切実でした。

しかし、貸してもらった弓道教本をめくった僕は唖然《あぜん》としました。弓道の精神とその歴史の積み重ねから始まり、真善美《しんぜんび》の思想、立ち姿勢と坐《すわ》り姿勢、歩法《ほほう》、礼法《れいほう》、いわゆる礼の心についての記述が長々と続き、いくらページをめくっても、弓の作り方や鳩の撃《う》ち方が出てこないのです。夕食の献立《こんだて》はおじゃんになってしまいました。それから後で調べたところによると、どうやら許可なく公園で鳩を射たりすると捕まるようです。ごめんなさい鳩さん。非常識という事にかけては自信も定評《ていひょう》もある僕ですが、限度というものがあります。これ以上アレな人に見えてしまう話を巻末《かんまつ》に書くのもどうかと思いました。ダンゴムシよりも深く反省します。

さて、お礼を言わなければならない人が多すぎて、ここには到底《とうてい》書ききれそうにないです。とても沢山《たくさん》の方々の御尽力《ごじんりょく》によりこの作品は本という形になりました。作者である僕ができるのは精々《せいぜい》文章を書いて削《けず》って足すことまでで、そこから先はなんというか、無責任に産んでおいて子育てができない駄目《だめ》親のようでした。お世話になった担当《たんとう》編集の湯浅《ゆあさ》さま、素敵《すてき》なイラストで魅《み》せてくださったかわぎしけいたろうさま他、関係者各位《かくい》に無上《むじょう》の感謝を捧げたいと思います。本当にありがとうございました。

二〇〇五年　一一月　杉井《すぎい》光《ひかる》

本書に対するご意見、ご感想をお寄せください。

■

あて先

〒101-8305 東京都千代田区神田駿河台1-8 東京YWCA会館
メディアワークス電撃文庫編集部
「杉井 光先生」係
「かわぎしけいたろう先生」係

■

電撃文庫

火目《ひめ》の巫女《みこ》

杉井《すぎい》 光《ひかる》

発　行　二〇〇六年二月二十五日　初版発行

発行者　久木敏行

発行所　株式会社メディアワークス
〒一〇一-八三〇五　東京都千代田区神田駿河台一-八
東京YWCA会館
電話〇三-五二八一-五二〇七（編集）

発売元　株式会社角川書店
〒一〇二-八一七七　東京都千代田区富士見二-十三-三
電話〇三-三二三八-八六〇五（営業）

装丁者　荻窪裕司（META＋MANIERA）

印刷・製本　加藤製版印刷株式会社

落丁・乱丁本はお取り替えいたします。
定価はカバーに表示してあります。

ISBN4-8402-3303-9 C0193

電撃文庫創刊に際して

　文庫は、我が国にとどまらず、世界の書籍の流れのなかで〝小さな巨人〟としての地位を築いてきた。古今東西の名著を、廉価で手に入りやすい形で提供してきたからこそ、人は文庫を自分の師として、また青春の想い出として、語りついできたのである。

　その源を、文化的にはドイツのレクラム文庫に求めるにせよ、規模の上でイギリスのペンギンブックスに求めるにせよ、いま文庫は知識人の層の多様化に従って、ますますその意義を大きくしていると言ってよい。

　文庫出版の意味するものは、激動の現代のみならず将来にわたって、大きくなることはあっても、小さくなることはないだろう。

「電撃文庫」は、そのように多様化した対象に応え、歴史に耐えうる作品を収録するのはもちろん、新しい世紀を迎えるにあたって、既成の枠をこえる新鮮で強烈なアイ・オープナーたりたい。

　その特異さ故に、この存在は、かつて文庫がはじめて出版世界に登場したときと、同じ戸惑いを読書人に与えるかもしれない。

　しかし、〈Changing Time, Changing Publishing〉時代は変わって、出版も変わる。時を重ねるなかで、精神の糧として、心の一隅を占めるものとして、次なる文化の担い手の若者たちに確かな評価を得られると信じて、ここに「電撃文庫」を出版する。

1993年6月10日
角川歴彦